睦月影郎

淫ら新入社員

実業之日本社

実業之日本社文庫

淫ら新入社員　目次

淫ら新入社員

第一章　新人の淫らな研修

1

「あの、採用通知をもらった宮地《みやじ》ですけれど」

「はい、伺ってます。宮地亜紀彦《あきひこ》さんですね」

亜紀彦が受付で言うと、まだ大学を出たてらしい可憐な受付嬢が笑みを浮かべて答えた。

そう言う自分も大学を出て、半年もバイトをしながら通知を待っていたから、隠しようもないほど緊張に頬が強ばっていた。

亜紀彦が頷くと、彼女はすぐ内線電話で確認した。

「はい、では五階の社長室へ行って下さい」

青い制服で、胸に『紺野《こんの》』の名札のある彼女が笑窪《えくぼ》を浮かべて言った。

「分かりました。では」

彼は答え、エレベーターに乗って最上階のボタンを押した。

ここは都下郊外にある株式会社『WO《ウー》』だ。主に女性用の薬品や健康食品を作って通販をしている会社で、広大な土地に社屋と工場、研究室などが備えられている。

実は春に面接に来て、心理テストなども受けたのだが採用は保留となり、それでも必ず連絡するからと言われ、バイトしながら半年待っていたのだ。

他に就職先もなく、彼は三浪もしていたから新卒とは言え、この秋で二十五歳になっていた。

実家は伊豆で、父は市役所、母はパート、兄は亜紀彦と違いスポーツマンなので地元で消防署員になっている。そして兄が新婚のため家は二世帯住宅に改築され、もう亜紀彦の居場所はないようなものだった。

大学の専攻は日本文学だったが、中学高校の国語教師は門が狭く、そこで募集のあったWOで、学部を問わず採用試験があったので受けたのである。

亜紀彦の住むアパートも西東京なので、WOまでは原付で通えるが、今日はスーツ姿に身を固め、バスでやって来た。

まだ創業五年ほどの会社で、ケーブルテレビでは通販のCMなどを出しているらしく、薬学は知らなくても帳簿つけぐらい出来そうと思ったのだ。

半年間は居酒屋でバイトをし、ひたすら採用通知を待っていたのだが、ようやくこの十月に連絡が来たときは、待っていて良かったと思ったものである。

それでもまだ内定で、これから研修だの色々ありそうだった。

やがてエレベーターを五階で降りると、廊下の先にすぐ社長室というプレートがあった。

軽く三度ノックすると応答があり、彼は緊張を鎮めようと深呼吸してノブを回した。

「宮地亜紀彦です」

「どうぞ、そちらへ」

言うと、奥のデスクから一人の美女が立ち、応接用のソファを指して言った。

四十歳前後か、スーツ姿でセミロングの髪、長身の颯爽たる美形である。

彼女は名刺を差し出し、見ると社長の『天野《あまの》照代《てるよ》』とあった。

「あなたの名刺は、研修をクリヤしたら作るわね」

「は、はい、よろしくお願いします」

亜紀彦は両手で名刺を受け取り、恭しく一礼してからソファに腰を下ろした。

「春には、入社試験の合格者から面接をした男性が二十五人、そのうち内定を出したのはあなただけだったわ」

照代は正面から切れ長の目で真っ直ぐ亜紀彦を見つめ、歯切れ良く言った。そして脚を組むと、タイトスカートの裾が僅かにめくれ、丸い膝小僧と奥の暗がりがチラと覗いた。

「ぼ、僕、いえ私だけなのですか」

亜紀彦は驚いて言った。たった一人なら、もっと早くに結果を出してもらいたかったものだ。もし他に良い就職先があったら、そちらに決めてしまっていたかも知れない。

それだけ、念入りに調査と吟味をしていたのだろう。

「そう、あなただけ。それが何か？」

「いえ、僕は、いえ私は特に得意なものはないし、運動は苦手だし根性もありませんから」

「僕で構わないわ。そんな正直で謙虚なところが良かったのよ。何しろ真面目そうなのが一番」

「ええ、真面目というより臆病な方でして」

正直に言うと、女神のように美しい照代が笑みを浮かべた。

「研修は、開発部の梅津《うめづ》さんにお願いするので、あ、来たようだわ」

照代が言うとドアがノックされ、彼女はすぐ立ってドアを開けた。

すると白衣を着た、三十代半ばほどのメガネの女性が入ってきた。

「開発部長の梅津さんよ」

「よろしくお願いします」

照代に言われ、亜紀彦が頭を下げると、彼女も名刺を差し出してきた。

それには開発部長、梅津麻里子《まりこ》、とある。色白で豊満、白衣の前が開き、ブラウスの胸が実に豊かに膨らんでいた。

「じゃ梅津さん、お願いね」

「はい、では来て」

麻里子が言うので、亜紀彦は照代に一礼し、一緒に社長室を出た。再びエレベーターに乗り、二階で降りると渡り廊下があり、研究棟へと移動した。

その向こうに工場があり、さらに武蔵野の緑が広がっていた。

麻里子について歩くと、甘ったるい匂いが感じられた。脹《ふく》ら脛《はぎ》もボリュームがあり、白衣に隠れているが相当にお尻も大きそうだった。

やがて麻里子が開発部の一室に入ると、中には他に誰もおらず、書類棚と実験器具、あとはスチール製のデスクが並んでいるだけだ。

奥の一角にはソファーと小さな流しやコンロもあり、そこで麻里子はコーヒーを淹れてくれた。

どうやら日頃から私室のように使っているのかも知れない。

「まずは、色々お話を伺うわね」

「はい」

ソファをすすめられて座ると、彼女は事務椅子を引き寄せて腰を下ろした。

そして照代のように脚を組むと、ムッチリとした太腿が覗いた。麻里子はストッキングではなく、ソックスだから太腿はナマ脚である。

「家や大学のことは、全て履歴書で分かるので、それ以外のことを聞きたいの」

「はい、何でも」

「今まで付き合った女性は何人？」

いきなり訊かれ、亜紀彦は目を丸くした。

「どうしてそんなことを訊くかというと、実はＷＯは圧倒的に女性社員が多いのよ。男性は、工場の力仕事用に僅かだけ」

「あ、そんな心配なら要りません。僕はまだ誰とも付き合ったことはないし、もともとシャイで告白したこともないんです」

ここでも亜紀彦は正直に答えた。それより目の前の豊満なメガネ美女に股間を熱くさせはじめていたのだ。

彼は顔立ちも平均以下だし、鈍くてダサい印象があるから、高校大学時代は女子から話しかけられたことなどなかった。

だから亜紀彦は、生意気な同級の女子たちなどより、年上の女性に手ほどきを受けることに憧れていたのだ。

社長の照代とか、この麻里子などに教えてもらったら、どんなに幸せだろうと思い、今夜は二人の面影でオナニーしようとさえ思っていたのである。

「そう、風俗は？」

「一回だけ、学生時代にバイト代を貯めてソープに行きました」

「本当に正直ね。それで、どうだったの？」

「なんか、事務的で味気なくて、お金もかかるので全く病みつきにはなりません
でした」
実際は味気ないと言うよりも、女性のナマの匂いがしなかったことに失望した
のである。吐息はケアされた淡いハッカ臭だったし、汗の匂いもなく、もちろん
股間も湯上がりの匂いしかしなかった。
そして初体験だから、足の指を嗅ぎたいなどということも言えず、相手にリー
ドされるまま、無理して射精したようなものだった。
「そう」
麻里子は答えて半身になり、机に広げた彼の履歴書や健康診断書などを一つ一
つ確認していた。
「オナニーは、どれぐらいの回数？」
さらに大胆な質問をされ、とうとう彼は痛いほど股間を突っ張らせはじめてし
まった。
「ま、毎日寝しなに一回ですが、休日の前夜は、二回か三回……」
「そう、欠かさず日に最低一回はしているのね。どのように？」
「い、椅子に座ってパソコンの画面を見たり、布団に横になって妄想を……」

「もっと詳しく、どんな画面？」

「アダルトのネットで、男女のカラミよりは、レズものとか」

「どうして？」

「男を見るのは嫌いなので、どうせ僕より逞しいだろうし」

「他には？」

「ヘッドホンで、女性が耳に息をかけるような音とか聞きながら……」

「そう、じゃまずここで射精してもらうわね。ザーメンのサンプルを採るので」

言われて、今度こそ亜紀彦は度肝を抜かれて激しく胸を高鳴らせた。

2

「立って、それはソファベッドなので」

麻里子が言い、亜紀彦が戸惑いながら立ち上がると、彼女は背もたれを倒してベッドにさせた。

まさか、ここに横になって、これから彼女に見られながらオナニーしなければいけないのだろうか。

ここは女性専用の薬品や健康食品を作っているので、ザーメンのサンプルも何かの役に立つのかも知れない。

「とにかく脱いで。下半身だけでもいいけれど、いつも全裸ならそのように」

麻里子は事務的に言いながら書類に記入し、さらにコンドームまで出した。

同じ事務的でも、ソープと違い今日は互いに仕事なのである。

「は、はい……」

亜紀彦が答え、上着を脱ぐと麻里子が隅にあるロッカーからハンガーを出し、壁に掛けてくれた。さらにネクタイを解いてズボンを脱ぎ、シャツを脱ぎ去っていくと、あとは自分でハンガーに掛けた。

靴を脱ぎ、トランクスと靴下だけになり、モジモジとベッドに上がると、

「ここは誰も来ないから心配しないで。それも脱いでから、まず自分でペニスを拭いて」

麻里子が言い、モジモジしながら彼がとうとう靴下とトランクスまで脱ぎ、全裸になるとおしぼりが手渡された。もちろん今朝の出がけにシャワーは浴びてきたが、それでも彼は念入りにペニスを拭き清めた。

さっきは勃起していたが、今は緊張に萎縮しはじめている。

しかし麻里子の生ぬるく甘ったるい体臭に、胸は激しく高鳴っていた。

「これを着けてね」

封を切ったコンドームが手渡され、受け取った彼は取り出して装着しようとしたが、萎えてなかなかうまくいかない。

「着けたことないの？　まあ縮んでるわね」

ぎこちない彼の手つきを覗き込んだ麻里子が言うと、さらに甘ったるい匂いが漂った。

「いいわ、横になって」

着けかけのコンドームを手にすると彼女が言って押しやり、亜紀彦は恐る恐る仰向けになった。

すると彼女は、指先でサワサワと陰嚢《いんのう》を刺激してくれ、さらに手のひらに袋を包み込むと、五本の指で優しく付け根を揉んでくれたのだ。

やはりペニスは、純粋なザーメンを採集するため触れない方が良いのだろう。

「アア……」

白衣のメガネ美女による指の刺激に彼は喘ぎ、効果覿面《てきめん》でたちまちムクムクと勃起しはじめたではないか。

やはり風俗ではなく就職したばかりの社内で、部長にされているというギャップに反応したのだろう。しかも彼女が着衣で、自分だけ全裸というアンバランスな状況も燃えるものだ。

「まあ、すごい勢いだわ。してもらわないと勃《た》たないなんて、ずいぶん甘えん坊さんね」

急角度にそそり立ったペニスに目を凝らし、麻里子は言いながら愛撫の手を離すと、巧みにコンドームを装着してくれた。

「さあ、あとは自分でしごきなさいね」

「ど、どうか、そばにいて下さい……」

麻里子が身を離そうとするので、亜紀彦は追い縋るように言った。せっかく勃ったのに、距離を置いて眺められると、とても最後まで射精する自信が無かったのだ。

「いいわ、どうすればいい、こう？」

麻里子も嫌がらずに答え、白衣姿のままベッドに上って添い寝すると、彼は腕をくぐって甘えるように腕枕してもらった。

「ああ、嬉しい……」

十歳ばかり年上の女性に抱かれ、彼はうっとりと喘いだ。

麻里子が左側から身を寄せ、亜紀彦は右手でコンドーム越しにペニスを握りしめた。

そろそろと動かしながら、着衣越しに感じられる体臭に興奮を高めた。

すると彼女が覆いかぶさるように上から彼を近々と見下ろし、頬に手のひらを当ててきたのだ。

「可愛いわ。キスしてもいい？」

「よ、喜んで……」

囁かれ、思わず彼は居酒屋バイト時代の台詞で答えていた。

すると麻里子が顔を寄せ、上からピッタリと唇を重ねてきた。

柔らかな感触と、ほのかな唾液の湿り気が伝わり、彼女の熱い鼻息が鼻腔を湿らせた。

さらに舌が潜り込み、思わず歯を開くと中まで侵入し、クチュクチュと舌をからみつけてきたのだ。

「う……」

ソープでのお座なりのキスと違い、濃厚なディープキスに亜紀彦は呻いた。

メガネのフレームが硬く頰に触れ、生温かな唾液に濡れた舌が滑らかに蠢《うごめ》き、彼女が下向きのため唾液がトロトロと滴ってきた。

亜紀彦はうっとりと喉を潤し、長く楽しみたいと思う反面、無意識に右手の動きが激しくなってしまった。

あまりに彼が息を弾ませるので、やがて麻里子が唇を離し、淫らに唾液の糸を引きながら囁いた。

「いきそう？　我慢せずいきなさい。どうせ出なくなるまで続けるのだから」

麻里子が言う。してみると、この一回で終わりではないのだ。

亜紀彦は、彼女の吐き出す熱く湿り気ある息を嗅いで絶頂を迫らせた。

それは花粉のように甘い匂いで、ほんのりとオニオン臭の刺激も混じって鼻腔を掻き回してきた。やはりケアしていない自然の匂いが良かった。

「い、いく……！」

彼は口走り、大きな絶頂の快感に全身を貫かれてしまった。

同時にコンドームの精液溜まりに、ドクンドクンと勢いよく熱い大量のザーメンがほとばしった。

何しろ毎晩抜いていたのに、昨夜は入社の緊張で未遂に終わっていたのだ。

「ああ、気持ちいいでしょう。いい子ね、いっぱい出しなさい」

麻里子が甘く囁き、彼の硬直が解けるまで優しく髪を撫でていてくれた。

亜紀彦は、メガネ美女の温《ぬく》もりと匂いに包まれながら、心置きなく最後の一滴まで出し尽くすと、すっかり満足し、荒い息遣いを繰り返しながらグッタリと身を投げ出した。

すると麻里子がベッドを降り、シャーレを手にして戻ってきた。

「横向きになって、こぼすといけないから」

もう仕事に戻った彼女が冷静に言い、亜紀彦が横向きになると、巧みにシャーレを当てながらコンドームを外し、その中にコンドームごと入れて蓋をした。

そして蓋に時間を記入し、冷蔵庫にしまった。

「さあ、一度シャワーで洗ってきて。必ずオシッコも出してくるように」

言われて、余韻に浸る暇もないまま彼は身を起こし、ベッドを降りて指示された奥のシャワールームに入った。

湯を出して股間を洗い、懸命に放尿まで済ませたが、やはり二回目のサンプルのため不純物が残っていてはいけないのだろう。

まだ興奮がくすぶって、荒い息遣いと動悸が治まらなかった。

やがて身体を拭いてシャワールームを出ると、

「じゃコーヒーでも飲んで休憩して、まあ、もう勃っているの？」

コーヒーを淹れ直そうとした麻里子が、鎌首をもたげはじめているペニスを見て言った。

何しろオナニーでも、続けて三、四回はしたことがあるし、今は美しく豊満な白衣美女が手助けしてくれるのだから、早く二度目がしたかったのだ。

それに最初は緊張で萎縮気味だったが、一度射精すると、すっかり快感が病みつきになって勃起が治まらなくなっていた。

「じゃ休憩は要らないわね。二回目の用意を」

「ええ……、それでお願いが……」

「なに」

「ぶ、部長さんも脱いでくれないでしょうか……」

亜紀彦は、さらに勃起を増しながら恐る恐る言ってしまった。

これは仕事なのだからと叱られるかも知れないが、何しろ陰嚢の愛撫から腕枕とディープキスもしてくれたのだ。

「いいわ、コンドームの外側に不純物が付かないようエッチは出来ないけど」

すると麻里子もすんなり承知してくれ、新たなコンドームとシャーレを準備しながら白衣を脱ぎ去っていった。

「それから、同じ社の人間なのだから部長さんなんて呼ばないで」

「ええ、部長……」

彼は答え、再びベッドに横になりながら脱いでゆく様子を眺めた。

ブラウスとスカート、ソックスを脱ぐと、たちまち麻里子はブラとショーツだけの姿となった。

脱ぐたびに室内の空気が揺らぎ、さらに生ぬるく甘ったるい匂いが悩ましく濃厚に立ち籠めてきた。

肉づきの良い肌は透けるように白く、ブラを外すと何とも見事な巨乳が弾けるように露出した。それはメロンほどの大きさがあり、張りもありそうに色っぽく息づいていた。

さらに背を向けてショーツを脱ぎ去ると、これも実に豊満な尻が突き出され、彼は思わずゴクリと生唾を飲み込んだ。

ためらいなく一糸まとわぬ姿になった麻里子は向き直り、メガネだけは掛けたまま彼に新たなコンドームを手渡してきたのだった。

3

「じゃもう一度着けて」

手渡されて言われると、今度はピンピンに勃起しているので、ぎこちないながら亜紀彦は自分でコンドームを装着することが出来た。

「腹這いにならないで。コンドームの外側にソファの埃が付着するといけないので。仰向けのまま動けないだろうから、何でも言えば好きなようにしてあげる」

「わあ、本当ですか」

言われて、彼はさっきの射精などなかったかのように興奮を高め、ここが社内で研修中ということも忘れるほど舞い上がった。

「じゃ足の裏を僕の顔に乗せて下さい」

「まあ、そんなことをされたいの」

恥ずかしいのを我慢して言うと、麻里子は呆れながらもベッドに上り、彼の顔の脇に立ってくれた。そして壁に手を突いて体を支えると、そろそろと片方の足を浮かせてきたのだ。

グラマーなメガネ美女の肢体を真下から眺めながら、期待と興奮に息を弾ませていると、麻里子もそっと足裏を彼の顔に乗せてくれた。

生温かな感触と湿り気を味わい、彼はうっとりしながら踵《かかと》から土踏まずに舌を這わせた。

「あう……」

麻里子がビクリと反応して呻き、反射的にキュッと踏みつけてきた。

舐めながら見上げると、ムチムチと肉づきの良い脚が真上へと伸び、股間がヌラヌラと潤っているのが見えた。

さらに上では巨乳が息づいている。

彼女の指の間にも鼻を埋め込むと、そこは汗と脂にジットリと湿り、蒸れた匂いが濃く沁み付いていた。

亜紀彦は鼻腔を刺激されながら匂いを貪り、爪先にもしゃぶり付いて、順々に指の股に舌を割り込ませて味わった。

「アア……、くすぐったいわ……」

麻里子は熱く喘ぎながらも拒まず、されるままになってくれた。

彼も執拗に舐めて味と匂いを貪り、足を交代してもらった。

やがてもう片方の足の新鮮な味と匂いを貪り尽くすと、亜紀彦は彼女の足首を摑んで顔の左右に置いた。

「しゃがんで……」

真下から言うと、麻里子もそろそろと和式スタイルでしゃがみ込んできた。

脚がM字になると、肉づきの良い内腿が、さらにムッチリと量感を増し、熱気と湿り気の籠もる股間が彼の鼻先に迫った。

なんと壮観な眺めだろう。ソープの時は緊張と気後れで、よく見る余裕もなかったのである。

茂みは黒々と艶があり、丸みを帯びた割れ目からはみ出すピンクの花びらは、ヌラヌラと大量の蜜に潤っていた。

「触っていいですか……」

「ダメよ、その手でコンドームに触れるのだから、どうすればいいの？」

「中を見たいので」

「いいわ、こう？」

言うと麻里子は自ら両手の指を割れ目に当て、左右にグイッと広げてくれたのだった。

中は、さらに濡れたピンクの柔肉で、襞《ひだ》の入り組む膣口《ちつこう》が息づき、ポツンとした小さな尿道口もはっきり見えた。さらに包皮の下からは、小指の先ほどもあるクリトリスが、真珠の光沢を放ってツンと突き立っていた。

（わあ、綺麗だ……）

亜紀彦が見惚れていると、彼女も真下からの熱い視線と息を感じたか、さらに潤いを増し、今にもトロリと滴りそうな愛液が割れ目いっぱいに満ちてきた。

「舐めたい……」

興奮しながらせがむと、麻里子も彼の鼻と口にキュッと股間を密着させてくれた。柔らかな茂みが鼻に擦りつけられ、嗅ぐと汗とオシッコの混じった匂いが蒸れ、悩ましく鼻腔を刺激してきた。

（ああ、ナマの匂い……）

ソープ嬢では感じられなかった性臭で鼻腔を満たし、彼は感激と興奮に包まれながら舌を這わせていった。

柔肉を探ると、生ぬるく淡い酸味のヌメリが舌の蠢きを滑らかにさせた。

膣口の襞をクチュクチュ掻き回し、柔肉を味わいながらクリトリスまで舐め上げていくと、

「アアッ……！」

麻里子が熱く喘ぎ、さらにギュッと押し付けてきた。

亜紀彦は味と匂いを堪能し、さらに尻の真下に潜り込んでいった。

豊満な双丘が顔中に密着し、谷間にひっそり閉じられたピンクの蕾《つぼみ》に鼻を埋めて嗅ぐと、そこも蒸れた匂いが籠もっていた。

熱気を嗅いでから舌を這わせ、細かに震える襞を濡らすと、ヌルッと潜り込ませて滑らかな粘膜を味わった。

「あう……、変な気持ち……」

麻里子が呻き、キュッと肛門で舌先を締め付けてきた。あるいは肛門を舐めてもらうのは初めてなのかも知れない。

内部で舌を蠢かすと、割れ目から新たな愛液が溢れ、彼は未熟な自分の愛撫に大人の女性が感じてくれるのが嬉しかった。

やがて美女の前後を存分に味わい尽くすと、

「も、もういいでしょう。さあ、自分でしごきなさい……」

麻里子が息を弾ませて言い、股間を引き離してきた。

「オッパイも……」

亜紀彦が素直に幹を握り、リズミカルに動かしながら言うと、彼女も添い寝しながら、さっきと同じように腕枕してくれた。

そして豊かな膨らみを押し付けてきたので、彼もチュッと吸い付いて舌で転がし、顔中で巨乳の感触と温もりを味わった。

「アア……、いい気持ち……」

麻里子も熱く喘ぎながらクネクネと身悶え、さらに甘い体臭を漂わせた。

彼は両の乳首を交互に含んで舐め回してから、腋《わき》の下にも鼻を埋め込み、汗の湿り気と甘ったるい匂いに酔いしれながら、指の動きを速めていった。

「い、いきそう……、またキスしたい……」

絶頂を迫らせながら言うと、麻里子もピッタリと唇を重ね、再びネットリと舌をからめてくれた。

「唾を飲みたい……」

唇を触れ合わせながらせがむと、麻里子も喘ぎ続けて乾き気味の口中に、懸命に唾液を分泌させ、口移しにトロトロと注ぎ込んでくれた。

亜紀彦は生温かく小泡の多いシロップを味わい、うっとりと喉を潤わせながら高まっていった。

そして彼女の口に鼻を押し込み、熱く濃厚な花粉臭の吐息を胸いっぱいに嗅ぎながら、二度目の絶頂を迎えてしまった。

「く……、気持ちいい……」

快感に身悶えながら口走り、ありったけの熱いザーメンをドクドクと勢いよくほとばしらせた。

「ああ、いっているのね、気持ちいいでしょう、いっぱい出しなさい」

麻里子も彼の絶頂に合わせ、かぐわしい息で熱く囁いてくれた。

亜紀彦は心ゆくまで快感を味わい、最後の一滴まで出し尽くしていった。

そしてグッタリと強ばりを解いて身を投げ出すと、すぐにも麻里子は仕事モードに戻ってベッドを降り、新たなシャーレを手に戻ってきた。

「二度目なのに多いわ」

彼女は言いながら、横向きになった彼の股間に顔を寄せ、コンドームを外してシャーレに入れた。

「さあ、もう一度洗ってオシッコしてきなさい」

麻里子に言われ、彼は呼吸を整えながらベッドを降り、再びシャワールームに入って股間を洗い、いくらも出ないが放尿も済ませたのだった。

4

「まだ出来るわね？」

亜紀彦が、身体を拭いて全裸のままコーヒーを飲んでいると麻里子が言った。

「は、はい、出来ます……」

彼も勢い込むように答えた。さすがに硬度は、やや衰えはじめているが、射精快感を得たい気持ちはまだまだ有り余っていた。

「そう、良かった。最低三回分は取りたかったの」

麻里子も、まだ全裸のまま答えた。

これが女体にのしかかって、挿入しての射精だったら疲れただろうが、何しろ仰向けの慣れた姿勢でのオナニーだし、何でも言えば麻里子がしてくれるから、いくらでも出来そうだった。

やがてコーヒーを飲み干すと、亜紀彦は待ちきれないように自分からベッドに横になっていった。

麻里子も新たなコンドームを持ってベッドに来ると、

「まだ完全な勃ちではないわね。脚を開いて」

彼女が言うので、亜紀彦は恐る恐る大股開きになって脚をM字にさせた。

すると麻里子が、その真ん中に腹這い、顔を寄せてきたのだ。さらに彼の両脚を浮かせ、なんと尻の谷間に舌を這わせてくれたのである。

「あう……」

チロチロと肛門に舌が這い、ヌルッと潜り込んでくると亜紀彦は思わず呻き、キュッと美女の舌先を締め付けた。

麻里子も熱い鼻息で陰嚢をくすぐりながら、内部でクチュクチュと舌を蠢かすと、ペニスも内側から刺激されるように上下し、たちまち完全に元の硬さと大きさを取り戻していった。

「いいわ、着けなさい」

彼女が舌を引き離して言い、亜紀彦も勃起したペニスにコンドームを装着していった。

すると、いつの間にか麻里子はローションを付けた指サックを嵌《は》め、肛門に根元まで潜り込ませてきたのだ。

「い、いたた……」

亜紀彦は初めて犯される感じで呻き、異物感に肛門を収縮させた。

「気持ち良くない？」

「い、痛いです。それに催すような感覚が……」

「それは今だけよ。指を抜けば治まるわ。これは前立腺よ、どんな感じ？」

麻里子が言いながら指の腹で内壁を探り、天井を圧迫してきた。

「お、重ったるい感じが……」

「じゃこれは？」

彼女が言い、浅い部分で指を出し入れさせるように蠢かせた。

「ああ、それなら気持ちいいです……」

亜紀彦は初めての感覚の連続に答えながら、ヒクヒクと幹を震わせた。

ようやく麻里子がヌルッと指を引き抜くと、

「じゃしごきなさい」

言って脚を下ろしてくれたので、便意も治まり、ほっとして幹を握って動かしはじめると、なんと今度は麻里子が陰嚢を舐め回してくれたのだ。

「アア……」

そこも実に妖しい快感があり、麻里子も舌で二つの睾丸《こうがん》を転がしてくれた。

麻里子がチロチロと舌を蠢かすたび、熱い鼻息が股間に籠もり、袋全体が生温かな唾液にまみれた。

「い、いきそう……」

「いいわ、出しなさい」

「そ、そばに来て下さい……」

言うと麻里子も股間を離れ、さっきのように添い寝してくれた。やはり彼も、果てるときは美女の唾液と吐息がほしいのである。

腕枕してもらい、肌が密着すると、亜紀彦は右手でペニスをしごき、左手で豊満な尻を撫で、指先で濡れた割れ目を探った。

「ああ、いい気持ち……、今度はプライベートでエッチしてもいい？」

「も、もちろんです……」

麻里子が甘い息で囁き、亜紀彦は喜びで思わず射精しそうになったが、少しでも長く楽しみたかった。

「顔をこっちへ向けて下さい……」

高まりながらいうと、麻里子も顔を寄せてくれた。彼は熱い息の洩れる美女の口に鼻を押し込み、湿り気ある匂いで鼻腔を満たした。

甘い花粉臭と、ほのかなオニオンに似た匂いに刺激され、右手の動きが速くなった。

するとと麻里子も、舌を這わせて彼の鼻の穴をヌラヌラと舐め回し、乳首まで指でいじってくれたのだ。

濃厚な吐息に唾液の香りも混じり、たちまち亜紀彦は三度目の絶頂を迎えてしまった。

「い、いく……！」

三度目とも思えない大きな快感に貫かれて口走り、ありったけのザーメンがドクンドクンと勢いよくほとばしった。

「ああ、気持ちいいのね。最後まで出しなさい」

麻里子がかぐわしい吐息で囁き、彼も心置きなく最後の一滴まで出し尽くしていった。彼女も亜紀彦の頬に巨乳を押し付けながら、呼吸が整うまで抱いてくれていたから、彼も心ゆくまで、美女の吐息を嗅いで余韻を味わうことが出来たのだった。

ようやく気が済んでグッタリと身を投げ出すと、麻里子もそろそろと腕枕を解いてベッドを降り、新たなシャーレを手に戻った。

呼吸を整えながら横向きになると、彼女がシャーレを当て、ザーメンの入ったコンドームを取り外してくれた。

蓋をして時間を記入すると、冷蔵庫にしまい、

「まだ出来そうな勢いだけど、もう三回分で充分よ」

麻里子が言うので、亜紀彦もベッドを降りてシャワーを浴び、もう放尿せず身体を拭いて部屋に戻った。

「じゃ、少し休憩したら社内を案内するわね」

麻里子が言い、もうコーヒーではなく烏龍茶を出してくれ、入れ替わりにシャワールームに入って身体を流した。

すぐ彼女が出てくると、身体を拭いて身繕いをしたので、亜紀彦も服を着てネクタイを締めた。

(三回もしたんだ。それに美女の匂いも感じたし……)

まだ感激と興奮がくすぶり、いつまでも動悸と喜びが治まらなかった。

してもらっていないのは、フェラチオと挿入だけである。それでも、今日会ったばかりの上司だし、体験したことは実に盛り沢山であった。

「じゃ行きましょうか」

言われて、亜紀彦は麻里子と一緒に部屋を出た。

研究棟は二階建てで社員食堂に隣接し、ダイエット用を含む健康食品の開発を行い、女子社員だけが熱心に働いていた。

ガラス越しに姿が見えると、みな麻里子に頭を下げた。美女揃いで、二、三十代の社員が多い。

いったん外に出ると、脇に駐車場がある。

「車は？」

「いえ、原付免許だけです」

「そう、乗って通うなら隅に停めるといいわ。通勤はどれぐらい？」

「原付で二十分足らずと思います」

麻里子に答え、やがて二人は大きな工場に入った。

手前には、全国に発送する段ボール箱が積まれ、トラックやカートが並んでいた。そこでようやく男性社員の姿が見え、みな麻里子に会釈するので、亜紀彦も頭を下げた。

そして工場に入っていくと、また女子社員だけが流れ作業で甲斐甲斐しく働いていた。

「食品ではなく、ここでは何を作っているんですか？」

「実は、配送だけの男性社員は知らないことだけど、女性用のオナニーマシンを作っているのよ。女がデザインしたバイブが、個人の趣味や体型に合わせて何種類も」

「そ、そうなんですか……」

亜紀彦は、また股間を熱くさせながら答えた。

やはりWOとはウーマンのことで、基本女性だけの会社のようだった。

そういえば流れ作業で扱っているものの中に、ペニスを模した形や、クリトリスを刺激するため枝分かれした形などが並んでいた。

「外イキ派や中イキ派とかあるので、一種類では足りないのよ」

麻里子が言う。外イキ中イキというのは、オルガスムスがクリトリスか膣かに分かれるということらしい。

「もちろん何人かの女子社員には器具を与えて、試した感想を提出させる仕事もあるわ」

「わあ、すごい……、でも、彼氏や旦那のいる人も多いでしょうに」

「うちは全員独身、そして当社開発のピルを服用しているわ」

「そ、そうですか……」

「私たちが目指すのは、男の要らない社会なの。まあ明日にでも、社長から詳しい話が聞かされると思うわ」

麻里子が言い、一通り回ってから社の五階建てビルに戻った。

一階は受付と応接室、二階は総務部と会議室、三階は企画部と開発部、四階は資料室に宿泊用の部屋、五階は社長室と照代の私室らしい。

では、四十歳前後の照代も独身で、社屋に寝泊まりしているようだった。

この土地も、資産家である照代の親が所有していたものらしい。

やがて亜紀彦は、立派な施設を一通り回って、自分一人が採用されたことを誇らしく思ったのだった。

5

「宮地さん、良かったらここへどうぞ」

昼、亜紀彦が社員食堂に行くと、誰かが声を掛けてくれた。女子社員ばかりで混んでいるので、彼は料理を持ったトレーを持って空席を探していたのだ。

声の方へ行くと、彼女の向かいが空いていた。

トレーを置いて座ると、受付嬢の彼女が名刺を渡してきた。

それには、紺野咲枝《サキエ》、とある。

「ありがとう。よろしく」

亜紀彦は可憐な咲枝と差し向かいになり、やや緊張しながら言った。

「初めての男性社員だわ。倉庫と応接室以外は男子禁制だったのに。もっとも私も入社半年だけど」

ショートカットの咲枝が笑窪を浮かべて言う。

どうやら倉庫で配送作業に来ている男性従業員は、手弁当で勝手に食事し、こちらには来ないようだった。

そういえば周囲にいる女子社員たちも、男が珍しいようにチラチラと亜紀彦の方を見ていたが、まるで男と話すなと決められているように、彼に話しかけてくるものはいなかった。

「じゃ、新卒で春から？」

亜紀彦が言うと咲枝は頷いた。では二十二、三歳で、社内で初めて見る彼より年下の子だった。

（この子も、バイブを支給されて試したんだろうか……）

そんなことを思い、つい股間が熱くなってしまったが、三回も射精したのだからと、気を取り直して食事をした。

昼食はバイキング方式で、咲枝も彼と同じハンバーグとサラダだった。

「同期の人は？」

「私だけなんです。早く研究室とか行きたいけど、しばらく受付です」

訊くと、咲枝が答えた。どうやら大学は理系だったらしい。

可憐な美女が向かいなので、亜紀彦は味も分からないほど緊張しながら食事をした。何しろ、女性と二人での食事など初めてなのだ。

しかし咲枝は気さくに話した。彼女は北海道出身で、この春からはＷＯの社宅に住んでいるらしい。

やはり新入社員らしく、他の女子のように彼を敬遠する様子はなく、あるいは一人で受付をしているので、まだ親しい仲間もいないのかも知れない。

やがて二人で食事を済ませ、茶を飲んだ。

周囲の女性たちも次々に席を立ち、後片付けをしはじめた。

すると咲枝が、周囲に誰もいなくなると身を乗り出して囁いた。

「何だかこの会社、多くの秘密があるみたいです……」

「そ、そう……？」

亜紀彦は、彼女の言ったことより、ほんのり感じた桃のように甘酸っぱい吐息に股間を疼かせていた。可憐な娘というのは、何を食べても果実のような可愛い匂いがするものなのだろうか。

それに秘密とは、バイブなど女性の性的な悦《よろこ》びのための開発のことであろう。してみると、まだ咲枝はバイブの支給はされていないようで、それでも何となく妖しい感覚を察しているのかも知れない。

「秘密って？」

「何だか、秘密結社とか宗教とか、そんな妖しい雰囲気が感じられます」

「そ、そんな感じがするの？」

意外な答えに亜紀彦は目を丸くした。

そういえば、男の要らない世界を作ると麻里子が言っていたが、何か狂信的な雰囲気を咲枝は察したのかも知れない。

何しろ亜紀彦よりも先輩だから、この半年の間で咲枝なりに何かを察しているのだろう。

「まだ何か分からないけど、気づいたことがあったら教えて。私も何か知ったら言うので」

咲枝は言い、彼も頷いた。やがて空のトレーを片付けると、彼女は受付へと戻り、亜紀彦は麻里子に言われていたので三階の開発部へ行った。

「じゃ、こっちへ来て。君のデスクよ」

彼を見つけると麻里子が廊下へ出てきて、さらに奥へ案内してくれた。

すると小部屋があり、デスクと書棚、横長のソファーが置かれていた。

「個室ですか」

亜紀彦は驚き、唯一の男性社員だから優遇されているのかとも思ったが、殺風景で寂しげである。

デスクには内線電話とノートパソコンが置かれ、窓からは工場の屋根と山々が見えていた。書棚には多くのファイルが並べられ、辞典もあった。

何やら、上の資料室の一部を小部屋に移した感じである。

「今日は退社時まで、そのファイルを見て社のことを把握してね」

「分かりました」

どうやら、ドキドキする研修は午前中で終わったらしい。

「それから、今日から家でのオナニーは禁止ね。いろいろ思い出して抜きたいでしょうけど」

「え……？」

いきなり言われ、夜には麻里子を思い出してオナニーしようと思っていた彼はがっかりした。

「明日も射精の仕事があるから、一回も無駄にせず、全て社のためにするのよ」

「は、はい……」

明日もあるなら、それを楽しみに今夜は我慢できそうだ。それに一人で抜くより、豊満で色っぽい麻里子に手伝ってもらう方がずっと良い。

「じゃ頑張って読んでおいてね」

麻里子はいい、忙しいらしく白衣の裾を翻して部屋を出て行った。

一人になった亜紀彦は窓からの景色を見てから上着を脱ぎ、壁のハンガーに掛けた。

まずパソコンのスイッチを入れると、最新型だが彼が使っているのと同じメーカーなのですぐに操作は分かり、すでにインターネットにも接続されていた。

そして書棚の極秘ファイル1を取り出し、椅子に座って広げて見た。

（な、なんだこれは……）

真っ先に満月の写真があり、タイトルは『人工天体である月』と書かれていた。

読んでいくと、月は作り物であり、遠い星の国から地球にやって来た乗物の残骸であるということだ。

実際、太陽と月の大きさは約四百倍もの違いがあるのに、地球から見て同じ大きさに見えるような奇蹟は有り得ない。

では、どんなエイリアンが乗って地球にやって来たのか。

それは男である、と書かれていた。

古来、人というのは女性のみで、単為生殖をしていた。当然ながら全ての女は女から産まれてきた。

アイヌの伝承には、東風に吹かれると娘が孕《はら》むとか、世界各国にも、処女懐胎の逸話は数多い。

そこへ男が月に乗ってやって来て、悠久の年月をかけて地球征服のため男社会を作った。

計算された月による、重力や引力、遠心力や起潮力で女の生理をコントロールし、月のものとして忌むべきリズムを作った。

そして同じ大きさの日月が、男女という陰陽の思想を生んだ。

金烏玉兎《きんうぎょくと》という言葉があり、金は太陽、太陽には烏《からす》が住み、玉は月、月には兎がいるという日月を表すものだ。

古武道では眉間の急所を烏兎と呼ぶ。それは両の目玉を日月に例えたからだ。

もう一カ所、男には二つの玉があり、それが金烏玉兎を略し、金玉の語源となった。

女は次第に男から得られる快楽の虜《とりこ》になり、女から女が生まれるという糸も、男の出産により途切れてゆく。

女が無意識に、長身の男やスポーツマン、顔の良い男を選ぶのは、良い子孫を残すためだが、それも男社会を作ることに加担してきた。

争って卵子を目指す精子のごとく、男社会は戦争ばかりである。

それでも女の無意識の抵抗により、人間は他の生物に比べて非常に妊娠しにくい性質を持つ。愛液は精子を殺すための酸を含み、膣内の流れも逆流するようになり、これは他の生物には見られない特徴である。

それでも長い年月の中で女は妊娠し続けてしまったが、辛うじて世界人口は男女半々にとどまっている。

それは男も、単為生殖を出来ないためバランスを取っているのだ。

しかし、すでに女も単為生殖の本能を失っているから、今後は女だけの世界にさせ、冷凍した精子だけで未来を作る。

三億もの精子は必要なく、一個の精子で確実に妊娠、それならばストックで充分になり、その開発が本社の目的である。

(何が何だか……)

亜紀彦は読み進めながら頭がクラクラしたが、実に興味深い内容に心を奪われていった。

第二章　美熟女の熱き愛液

1

（ああ、昨日のことは夢じゃないよな……）

朝、亜紀彦はアパートの自室で目を覚まして思った。

昨日は、あれから夕方の退社時まで社の資料を読み込んでいた。

女だけの世界を取り戻す、という考えの下にＷＯが作られ、どうやら男の絶滅を望んでいるようなのだ。

地球とは子宮、女だけのものらしい。

もっとも今の男たちはエイリアンではなく、混血ということなのだろう。

そしてストックの冷凍精子の数が尽きる未来までには、人工精子の開発も出来ていると踏んでいるようだ。

しかも、確実に女性だけを生む精子なのである。

結局、男の排出する生きた精子というのは戦い争う性質を持っている。

それで男社会は常に競争で、良い思いをするものとモテない男の格差が出来、時にはオナニーに狂ったり性犯罪を犯したり、あるいは女を諦めて男色に走るものも出てくる。

どちらにしろ、彼女たちに言わせれば男社会は歪んでいるのだろう。

それで、男無しでも満足できるようなオナニー器具を開発しているようだ。

そんなＷＯの主張が女子社員たちに強い影響を与え、それで亜紀彦に興味を持たない素振りを見せたり、男を意識しないスッピンの女性が多かったのかも知れない。

あるいはＷＯの作り出す健康食品や薬品に、そうした洗脳の成分が入っているのではないだろうか。

確かに昨今の女性による、男社会への進出は目覚ましいものがある。

自衛官も肉体労働も職人も、全てに女性が加わりはじめているのだ。

そんな資料の中に、『地天女』という言葉が頻繁に出てきたのだ。

全ては地天女の意思による、といった文章が多かった。

亜紀彦も気になり、地天女を検索してみると、毘沙門天《びしゃもんてん》の両足を両手で支える天女とだけあり、それ以上の記述は見当たらなかった。画像を見ると、毘沙門天の両足を持ち上げ、天女の顔から胸までしかない像ばかりだった。

なぜ胸から下は地面に埋まっているのか、なぜ毘沙門天を両手で持ち上げているのか、他のことは分からない。

しかし照代などから見ると、空を優雅に舞うのではなく、正に地球を支えている天女という印象があったのかも知れない。

とにかく亜紀彦は万年床から身を起こし、トイレを済ませて顔を洗い、冷凍物で朝食を済ませた。

もう今までのように、昼近くまで寝ているわけにいかない。もっとも、昨夜はさすがに疲れていたようで早めに眠ることが出来た。

ここは浪人時代から、もう七年も住んでいるアパートだが、その間にはトイレがシャワー付きになりLED電球になったりして、一人だから何不自由なく生活できた。

六畳間には万年床の他にノートパソコンの置かれた机と本棚、小型テレビがあり、あとは冷蔵庫と外の通路に洗濯機があるだけで、掃除も整頓もマメにする方である。

やがて彼はシャワーを浴びて身繕いをし、ネクタイを締めて上着を羽織った。

そしてヘルメットを持ち、アパートを出て施錠すると、脇に停めてある原付に跨《また》がった。

初日の昨日ほどの緊張はなく、むしろ今日も何度となく射精出来るのかと思うと胸が高鳴った。

ヘルメットを被り、スタートすると朝だが道は案外空《す》いていて、社まで迷うことなく十分余りで到着することが出来た。

駐車場の隅に停車して降り、ヘルメットを荷台に括り付けると、亜紀彦はビルの一階に入った。すると、もう受付には咲枝が来ていた。

「おはよう」

彼は挨拶したが、まだ咲枝が気にしていた社の秘密を話すのは早いと思った。

「おはようございます。来たらすぐ五階へと社長が」

「そう、分かった。じゃまたお昼にね」

咲枝が言うと彼は答え、すぐエレベーターに乗り込んだ。

五階の社長室に行くと、照代がソファを勧めた。

「おはようございます」

「よく眠れたかしら」

「はい、ぐっすり休めました」

「そう、昨日の研修は合格よ。男は、女性に射精を手伝ってもらうと、急に図々しくなるタイプがいるけど、君は違ったわ」

いきなりその話題になり、亜紀彦は頰が熱くなった。

あるいは照代は、監視カメラか何かで彼と麻里子の行為を全て見ていたのかも知れない。

「い、いえ、ずいぶん図々しく要求しました……」

「あれぐらいは構わないわ。だいいち断られたら強引にはしなかったでしょう」

「そ、それはそうですが」

「それが一番よ。それに受け身タイプで、ちゃんとノルマの三回をこなしたのだから満足しているわ。精子の成分も健康そのもの」

照代が言い、何もかも調べられ、今も彼は裸にされているような気になった。

「それから社の資料も読んだわね。口外は無用に」

「はあ、分かっております。もっとも信じる人は少ないように思いますが……」

それより、地天女って何ですか」

亜紀彦が気になっていたことを言うと、照代が立ち上がった。

「来て、会わせてあげる」

「え……」

彼は戸惑いながら立ち上がり、社長室を出る照代に従った。

彼女はエレベーターに乗り、パネルにキイを差し込んで捻ると、Bボタンを覆っていたカバーが開いた。そしてボタンを押すと、元通りカバーを閉めてキイをしまった。

どうやら地下へのボタンだけはロックされ、照代しか行かれないらしい。

エレベーターが降下してゆき、地下に着いてドアが開いた。

出ると真っ暗な中に、煌《きら》めく星々のように細かなランプが光っていた。

照代がスイッチを入れると、そこには大きな機械が書棚のように立ち並んでいるではないか。

「これが地天女、そう、巨大コンピュータよ」

彼女が言い、亜紀彦は壮観な眺めに目を見張った。

してみると照代は、コンピュータに詳しいのだろう。

部屋の隅にソファがあり、彼女は亜紀彦を促すと並んで座った。

「私の曾祖父が、軍に仕える遺伝子の科学者だったの。曾祖父は軍から、強い男だけを産む研究を強いられていたわ」

照代が言う。

「しかし、実行の前に終戦。祖父も父も生物学者で、その残ったデータは保管されていたわ。そして私が、その内容を、女性だけを生む方法に差し替えて研究を進めたの」

「じゃ、いずれ本当に女性だけの地球を目指して……」

「ええ、本来の星に戻すわ。そして地天女が分析して選んだ君の精子を、未来の人類の元とするの」

「ぼ、僕なんかより、もっと良い遺伝子があるでしょうに……」

「いいえ、地天女が選び、半年間調査した結果なの。でなければ、昨日入社した人に社の極秘事項を教えたりしないわ」

では、半年間亜紀彦の行動や嗜好なども、全て調べられていたようだった。

そして、もう亜紀彦は勝手に転職も出来ないのだろう。

「いずれ、君には紺野咲枝を妊娠させてもらうわ。彼女も地天女が選んだ、二十二歳で奇跡的な処女」

「え……？」

あの可憐な咲枝は、まだ無垢《むく》だったのだ。

亜紀彦は社の命令、仕事の一環として咲枝を孕ませ、その子もまた社の重要なサンプルとなるのかも知れない。

「だって、彼女だって好きな人が出来て休日にデートするかも」

「普段は社と社宅の往復だけだけど、休日には監視が付いているわ」

「もしかして、僕にも？」

「君は大丈夫。もう社と命運を共にすることが地天女のデータで明らかだから」

照代が言う。かつてエイリアンの男が、快楽を餌に女性を思い通りにし、男社会を作ったように、亜紀彦もまた快楽と引き替えに協力を余儀なくされるのだろうか。

してみると性格ばかりでなく、今までモテなくて性欲が強いことが最重要のポイントだったのかも知れない。

とにかく信仰めいた地天女への信頼がそこはかとなく漂い、何となく咲枝には宗教に近い雰囲気に感じられたのだろう。

「昨日、梅津部長に翻弄されながら射精していた君は、すごく可愛かったわ」

照代が、横からじっと彼を見つめながら顔を寄せ、囁くように言った。

「今日は、コンドームを着けなくていいから、ここで私としましょう。地天女の前で」

彼女が言って亜紀彦を抱え、腰を浮かすと背もたれが倒れてベッドになった。

どうやら、社内のあちこちのソファがベッドになるようだ。

彼は激しく胸を高鳴らせ、照代から漂う甘い匂いに酔いしれていった。

2

「さあ、じゃ脱いで」

照代が言い、自分からスーツを脱ぎはじめ、脱いだものを傍らのテーブルに置いていった。

亜紀彦も緊張と興奮に胸を高鳴らせながら、黙々と脱いだ。

昨日のような狭い密室と違い、巨大コンピュータだけある殺風景な広い部屋というのも何やら妖しい雰囲気だった。

全裸になると、もちろん彼自身ははち切れそうにピンピンに突き立っていた。

照代も最後の一枚を脱ぎ去り、一糸まとわぬ姿でベッドに仰向けになり身を投げ出していった。

「いいわ、今日は受け身でなく、何でも好きなようにして」

照代が言うと、亜紀彦もベッドに上って熟れた肢体を見下ろした。

女性社員の大部分はスッピンだが、さすがに照代は社長として他社の人に会うこともあるだろうから薄化粧を施していた。

乳房は実に豊かに息づき、肌は透けるように白かった。

麻里子は白衣の上からもボリューム満点だったが、照代は着痩せするタイプらしく、着衣ではほっそり見えたが脱ぐと案外に肉づきが良かった。

昨日は麻里子にリードされるばかりだったが、今日は照代に好きにして良いと言われ、新たな緊張と興奮が甦った。

緊張というのは、自分の稚拙な愛撫で、大人の美熟女が感じてくれるだろうかという不安である。

それでも形良く息づく膨らみに吸い寄せられ、亜紀彦はチュッと乳首に吸い付いていった。顔中を柔らかく張りのある乳房に押し付けて感触を味わい、舌で転がすと、

「アア……」

すぐにも照代が熱く喘ぎ、クネクネと熟れ肌を悶えさせはじめたのだ。

その反応に勇気づけられ、彼はもう片方にも手を這わせて膨らみを揉み、生ぬるく漂う甘ったるい匂いに興奮を高めていった。

そして左右の乳首を交互に含んで舐め回し、充分に膨らみを味わうと、亜紀彦は照代の腕を差し上げ、腋の下にも鼻を埋め込んだ。

スベスベの腋は生ぬるくジットリ湿り、濃厚に甘ったるい汗の匂いが馥郁《ふくいく》と籠もっていた。

「く……」

舌を這わせると、くすぐったそうに照代が呻いて熟れ肌を強ばらせた。

昨日の麻里子との行為を全て見ていたのなら、彼が何を求め、どんな愛撫をするかは想像が付くことだろう。

だからなのか、照代もされるまま身を投げ出してくれていた。

さらに彼は滑らかな肌を舐め降り、形良い臍《へそ》を探り、張りのある下腹にも顔を埋め込んで弾力を味わった。

照代もビクリと反応して息を弾ませるので、次第に彼の緊張や気負いも薄れ、積極的に愛撫できるようになっていった。

例により肝心な部分は最後に取っておき、彼は丸みを帯びた腰から脚を舐め降りていった。

スラリとした長い脚も実に滑らかな舌触りで、彼は足首まで行って足裏に回り込み、舌を這わせながら形良く揃った指に鼻を押し付けた。

まだ朝で、シャワーを浴びてきたのか、麻里子ほど匂いは濃くないが、それでも蒸れた湿り気が感じられた。

汗と脂の匂いを貪ってから爪先にしゃぶり付き、全ての指の股に舌を割り込ませて味わうと、

「あう……！」

照代が呻き、またくすぐったいように身をくねらせた。

亜紀彦は両足とも味と匂いを貪り尽くすと、大股開きにさせて脚の内側を舐め上げていった。

白くムッチリとした内腿を舐め上げて股間に迫ると、熱気が顔中を包み込んできた。

見ると、ふっくらした丘には程よい範囲に恥毛が茂り、はみ出した陰唇も興奮に色づいてヌラヌラと潤っていた。

こんな颯爽たる四十歳前後の美女が、自分の愛撫に濡れてくれていると思うとさらに亜紀彦は自信を持った。

縦長のハート型をした陰唇に指を当て、さらに左右にグイッと広げると中身が丸見えになった。綺麗なピンクの柔肉が潤い、膣口が艶めかしく息づき、小さな尿道口も確認できた。

包皮の下からツンと突き立つクリトリスは小指の先ほどの大きさで、亀頭をミニチュアにしたような形で清らかな光沢を放っている。

見つめているだけで感じるのか、ヌラヌラと潤いが増してきた。

もう我慢できずに顔を埋め込み、柔らかな茂みに鼻を埋めて嗅ぐと、蒸れた汗の匂いが悩ましく鼻腔を刺激してきた。

うっとり胸を満たしながら舌を這わせると、すぐにも淡い酸味のヌメリが湧き出して動きが滑らかになっていった。

息づく膣口から柔肉をたどり、クリトリスまで舐め上げていくと、

「アァッ……！」

照代が熱く喘ぎ、内腿できつく彼の顔を挟み付けてきた。

亜紀彦は味と匂いを堪能してから、彼女の両脚を浮かせ、逆ハート型の豊かな尻の谷間に迫った。

やはり薄桃色の可憐な蕾がひっそり閉じられ、鼻を埋めると顔中に双丘が密着し、蒸れた匂いが鼻腔を搔き回してきた。

籠もる熱気を嗅いでから舌を這わせ、ヌルッと潜り込ませて滑らかな粘膜を探ると、

「あう……！」

照代が呻き、キュッと肛門で舌先を締め付けてきた。

舌を蠢かせて味わい、脚を下ろして再び割れ目に戻り、新たな愛液をすすってクリトリスに吸い付くと、

「も、もういいわ、今度は私が……」

照代が息を弾ませながら言い、身を起こしてきた。

入れ替わりに亜紀彦が仰向けになっていくと、彼女は股間に顔を迫らせた。

股を開かせて腹這い、まず陰嚢を舐め回し、熱い息を股間に籠もらせながら身を乗り出すと、肉棒の裏側をゆっくり舐め上げてきた。

滑らかな舌が先端まで来ると、彼女はそっと幹に指を添え、粘液の滲む尿道口をチロチロと舐め回した。

「アア……」

今度は亜紀彦が喘ぐ番だ。彼は微妙なタッチで愛撫され、ヒクヒクと幹を震わせて高まった。

昨日入社したばかりの自分が、今日は美人社長にしゃぶってもらっているなど誰が信じるだろう。

彼女は充分に亀頭を生温かな唾液にまみれさせると、丸く開いた口でスッポリと喉の奥まで呑み込んだ。

恐る恐る股間を見ると、上品な美熟女がペニスを深々と頬張り、上気した頬をすぼめて吸い付いている。

熱い鼻息が恥毛をくすぐり、口の中ではクチュクチュと舌がからみついた。

さらに彼女が顔を上下させ、スポスポと摩擦しはじめると、

「ああ……、い、いきそう……」

急激に絶頂を迫らせて言うと、すぐに照代がスポンと口を離した。

「いいわ、入れて」

「上から跨いで入れて下さい……」

「今は下になりたいの。正常位でして」

照代が言い、添い寝して仰向けになった。

本当なら美しい彼女の顔を仰ぎたかったのだが、亜紀彦も入れ替わりに身を起こし、彼女の開かれた股間に身を進めた。

迫ると、急角度に勃起した幹に指を添えて下向きにさせ、先端を濡れた割れ目に擦り付け、潤いを補充しながら位置を探った。

「そこ、来て……」

照代も僅かに腰を浮かせ、自ら指で陰唇を広げて誘導しながら言った。

押し込むと、張り詰めた亀頭がいきなり落とし穴に嵌まり込むようにズブリと潜り込み、あとは潤いに任せてヌルヌルッと根元まで吸い込まれていった。

「あう……、いいわ……」

照代がビクリと反応して呻き、彼も股間を密着させると脚を伸ばし、熟れ肌に身を重ねていった。

胸で乳房を押しつぶすと、照代が下から激しく両手で抱き留めてくれた。

男社会を否定し、支配されるのを拒む彼女が正常位を望んだのは意外だが、まだ亜紀彦が一人前と思われていないだけかも知れない。

亜紀彦は温もりと感触を味わい、美女と一つになった一体感を嚙み締めた。

そして徐々に腰を突き動かしはじめると、ヌメリで律動が滑らかになり、心地よい肉襞の摩擦が彼を包み込んでいった。

3

「深くより、浅い部分が感じるの。根元まで押し込むのはたまにでいいわ。それに突くよりも、引く方を意識して動いて」

下から照代が言い、亜紀彦もそのように腰を動かした。

なるほど、前にエロネットで九浅一深という言葉を見たことがあり、その方が焦《じ》らし効果もあり、男も長持ちすると書かれていた。

照代が正常位にしたのは、女の感じる動かし方を彼に教えるためだったのかも知れない。

それに亜紀彦も昨日、麻里子に肛門を刺激されたときも、深くより浅い部分の出し入れが心地よかったのを思い出し、それに似た感じなのではないか。

突くより引く方を意識というのも古来、亀頭に張り出したカリ首の笠《かさ》は、先に中出しされた男の精子を掻き出すためと言われている。

それだけ、男社会は競争と戦いが全てなのだ。

カリ首のカリとは、引っかかりのカリである。

またその方が、内壁やGスポットが心地よく擦られるのだろう。

亜紀彦も、浅い部分で出し入れしながら引く方を意識して動き、たまにズンと深く突き入れるリズムを繰り返した。

「アア……、上手よ、すごく気持ちいいわ……」

照代も膣内の収縮と潤いを高めて喘ぎ、ズンズンと股間を突き上げてきた。

そして彼の顔を抱き寄せ、ピッタリと唇を重ねさせた。

柔らかな感触を味わうと、すぐにも彼女の舌がヌルッと潜り込んで蠢き、亜紀彦もチロチロとからみつけ、滑らかな舌を味わった。

ほんのりと薄化粧の香りが感じられ、彼女の熱い息が鼻腔《びくう》を湿らせた。

やがて充分に舌をからめると、彼女が口を離して顔を仰《の》け反《ぞ》らせた。

「ああ、いきそう……」

　照代が喘ぐと、形良い口から熱く湿り気ある吐息が漏れた。それは白粉《おしろい》のように甘い刺激を含み、彼の鼻腔を悩ましく掻き回した。

亜紀彦も高まり、もう浅い部分の律動も止め、股間をぶつけるように激しいピストン運動を繰り返してしまった。

肌の触れ合う音に混じり、ピチャクチャと淫らに湿った摩擦音が響き、揺れてぶつかる陰嚢も生ぬるく濡れた。

そして絶頂が迫ると、いきなり照代が突き上げを止めたのだ。

「待って、お尻に入れて……」

「え？　大丈夫かな」

言われて驚き、彼は思わず動きを止めた。

「してみたいの、入れてみて」

照代が言って両脚を浮かせたので、彼も興味を覚えてヌルッと引き抜いて身を起こした。

あるいは様々なバイブも開発しているので、中にはアヌス専用もあり、照代は生身を試してみたくなったのかも知れない。

彼女が浮かせた両脚を抱え、白く豊満な尻を突き出したので見ると、ピンクの蕾は割れ目から滴る愛液にヌラヌラと潤っていた。

亜紀彦も愛液に濡れた先端を蕾に押し当て、呼吸を計った。

照代も口呼吸をし、懸命に括約筋を緩めているようだ。

やがてグイッと押し込むとタイミングが良かったか、ヌメリに助けられてズブリと亀頭が潜り込んだ。可憐な蕾が襞を伸ばし、張り詰めながら丸く開いて受け入れていった。

「あう、奥まで来て……」

彼女が呻いて言い、亜紀彦もズブズブと押し込んでしまった。

最も太いカリ首が入ってしまうと、あとは比較的楽に貫くことが出来、膣内とは異なる摩擦快感があった。

さすがに入り口はきついが、中は案外広く、思っていたようなベタつきもなくむしろ滑らかな感触だった。

根元まで入れて股間を密着させると、尻の丸みが心地よく弾んだ。

「アア……、いいわ、突いて中に出して……」

照代が異物を確かめるように、キュッキュッと締め付けながら喘いだ。

亜紀彦も初めての感覚に高まり、様子を見ながら徐々に腰を突き動かしはじめていった。

すると彼女も、次第に緩急の付け方に慣れてきたように動きが滑らかになっていった。さらに照代は自ら乳房を揉みしだいて乳首をつまみ、もう片方の手で空いている割れ目を擦った。

律動に合わせるように、彼女が愛液の付いた指の腹でクリトリスを擦ると、淫らに湿った音が聞こえてきた。

女性はこのようにオナニーするのかと興奮しながら、いつしか気遣いも忘れて亜紀彦は激しく律動した。

すると、もう堪《たま》らずに絶頂を迎え、大きな快感が彼を包み込んだ。

「い、いく……！」

口走りながら、底のない穴の奥へドクンドクンと勢いよく熱いザーメンを注入すると、

「き、気持ちいい……、アアーッ……！」

噴出を感じたように照代も声を上ずらせ、ガクガクと狂おしいオルガスムスの痙攣を繰り返しはじめたのだった。

あるいはアヌス感覚ばかりでなく、自らのクリトリスオナニーで昇り詰めたのかも知れない。

内部に満ちるザーメンで、さらに動きがヌラヌラと滑らかになり、彼は快感を嚙み締めながら、心置きなく最後の一滴まで出し尽くしていった。

すっかり満足しながら徐々に動きを弱めていくと、

「ああ……」

照代も声を洩らし、熟れ肌の強ばりを解いてグッタリと身を投げ出した。

するとヌメリと締め付けで、満足げに萎えたペニスが押し出され、ツルッと抜け落ちた。何やら美女の排泄物にでもなったような興奮が湧いたが、汚れの付着はなかった。

丸く開いて一瞬粘膜を覗かせた肛門も、裂けた様子はなく、徐々につぼまって元の可憐な形に戻っていった。

まさか亜紀彦も、ナマのアナルセックスを体験するとは夢にも思わなかったものだ。

「さあ、早く洗った方がいいわ……」

余韻に浸る余裕もなく、照代が言って身を起こしてきた。

そして一緒にベッドを降り、奥にあるドアを開けると、そこは洗面所とトイレで、さらに奥がシャワールームになっていた。

彼女がシャワーの湯を出し、ボディソープで甲斐甲斐しく彼のペニスを洗ってくれた。その刺激に、また彼自身はムクムクと回復しそうになった。

湯でシャボンを洗い流すと、

「オシッコ出しなさい。中からも洗い流すので」

彼女が言い、亜紀彦も懸命に尿意を高め、完全に勃起する前にチョロチョロと放尿を済ませた。

照代はもう一度湯で流すと、最後に屈み込み、消毒するようにチロリと尿道口を舐めてくれた。すると、急激にペニスがムクムクと鎌首を持ち上げてゆき、完全に元の硬さと大きさを取り戻した。

「ね、社長もオシッコ出して」

亜紀彦は床に座って言い、目の前に照代を立たせて言った。そして股間に顔を寄せ、茂みに鼻を埋めて嗅いだ。まだ彼女は洗っていないので、さっきと同じ悩ましい匂いが鼻腔を刺激した。

「いいの？　顔にかかるわ……」

照代も股間を突き出して言い、どうやら出してくれるように尿意を高めはじめた。待ちながら舌を這わせると、奥の柔肉が迫《せ》り出すように盛り上がり、急に味わいと温もりが変化した。

「あう、出るわ……」

照代が息を詰めて短く言うなり、割れ目からチョロチョロと熱い流れがほとばしってきた。

彼は舌に受けて味わい、恐る恐る喉に流し込んでみた。

すると、それは味も匂いも実に淡く、薄めた桜湯のように心地よく飲み込むことが出来た。

「アア……」

彼女が喘ぎ、次第に遠慮なく勢いを付けて放尿しはじめた。

すると口から溢れた分が胸から腹を温かく伝い流れ、ピンピンに回復したペニスを心地よく浸した。

亜紀彦は嬉々として喉を潤し、美熟女の味と匂いに酔いしれた。しかしピークを過ぎると急に勢いが弱まり、間もなく流れは治まってしまった。

彼は残り香の中で、余りの雫《しずく》をすすり割れ目内部を舐め回した。

すると新たな愛液が溢れて舌の動きが滑らかになり、残尿が洗い流されて淡い酸味のヌメリが満ちていった。

「も、もういいわ……」

照代が言って股間を引き離し、自分もシャワーを浴びて割れ目を洗い流した。

そして二人で身体を拭き、また全裸のままベッドに戻ったのだった。

4

「すごい勢いで勃ってるわ……」

亜紀彦を仰向けにさせた照代が、感心したように言って幹を撫で、張り詰めた亀頭にしゃぶり付いてきた。

彼も充分すぎるほど高まり、さっきの射精などなかったかのように淫気が満々になっていった。

「ね、今度は上になって下さい……」

照代の舌の蠢きと吸引で、すぐにも激しく高まった亜紀彦が言うと、彼女もスポンと口を離し、身を起こして前進してきた。

やはり彼女も、アナルセックスより正規の場所で絶頂を迎えたいようだ。

仰向けの彼の股間に跨がると、照代は幹に指を添え、先端に濡れた割れ目を押し当ててきた。

照代が感触を味わうように、息を詰めてゆっくり腰を沈み込ませると、彼自身はたちまちヌルヌルッと滑らかに根元まで呑み込まれた。

「アアッ……、いいわ、奥まで届く……」

彼女が顔を仰け反らせて喘ぎ、正常位よりも深めの密着感に口走った。

亜紀彦も温もりと感触を味わいながら、少しでも長く味わいたかった。

何しろ昨日は三回射精して、麻里子の手助けがあったにしろ全て自分でしごいて出し、フェラチオもしてもらっていないのである。

照代は彼の胸に両手を突っ張って上体を反らせ、密着した股間をグリグリ擦り付けていたが、やがて身を重ねてきた。

胸に豊かな膨らみが押し付けられると、彼は下から両手を回してしがみつき、両膝を立てて豊満な尻を腿で支えた。

すると彼女も亜紀彦の肩に腕を回して前面を密着させると、上からピッタリと唇を重ねてきた。

「ンン……」

照代は熱く鼻を鳴らしながらヌルッと舌を潜り込ませて絡み付け、徐々に股間を擦り付けるように動かしはじめた。

亜紀彦も、激しい快感に股間を突き上げ、動きを合わせて摩擦と締め付けを味わった。

互いの動きがリズミカルに一致すると、ピチャクチャと淫らに湿った音が聞こえ、溢れた愛液が陰嚢の脇を伝い、彼の肛門まで生温かく濡らしてきた。

「い、いきそう……」

すっかり高まった亜紀彦が唇を離して囁くと、

「私もよ。いっぱい出して……」

照代も近々と顔を寄せたまま、息を弾ませて答え、膣内の収縮と潤いを高めていった。美熟女の吐き出す白粉臭の熱い息が、悩ましく彼の鼻腔を刺激して胸に沁み込んだ。

すると彼女も、亜紀彦の嗜好を知り尽くしているかのように鼻の穴を舐め、惜しみなくかぐわしい息を吐きかけ、彼の口にはクチュッと唾液まで垂らしてくれたのである。

「いく……、アアッ……！」

激しく股間を突き上げながら、とうとう彼は二度目の絶頂に達し、快感に身を震わせながら熱いザーメンを勢いよくほとばしらせた。

「い、いい気持ち……、ああーッ……！」

すると彼女も、奥深くに感じる噴出でオルガスムスのスイッチが入ったように声を上げ、ガクガクと狂おしい痙攣を開始した。

収縮と締め付けが増し、彼は心ゆくまで快感を嚙み締め、最後の一滴まで出し尽くしていった。

照代も、やはりアナルセックスよりずっと良かったらしく、吐息を乱し熟れ肌を波打たせ続けていた。

やがて亜紀彦が満足しながら徐々に股間の突き上げを弱めていくと、

「ああ……、良かったわ……」

照代も声を洩らし、肌の強ばりを解いてグッタリともたれかかってきた。

やがて互いに完全に動きを止めると、亜紀彦は美熟女の重みと温もりを受け止めながら、まだ名残惜しげに息づく膣内に刺激され、ヒクヒクと過敏に幹を跳ね上げた。

「あう……、もう暴れないで……」

照代もすっかり敏感になっているように呻き、幹の震えを押さえつけるようにキュッと締め上げた。

亜紀彦は彼女の湿り気あるかぐわしい息を嗅ぎながら、うっとりと快感の余韻に浸り込んでいった。

やがて照代が呼吸を整えると身を起こし、そろそろと股間を引き離しながら、隣のテーブルの上にあったティッシュを手にした。

そして自分で割れ目を拭って移動し、彼の股間に顔を寄せてきたのだ。

まだ愛液とザーメンにまみれている半萎えの亀頭にしゃぶり付き、ネットリと舌をからめてきた。

「く……」

亜紀彦は刺激に呻いたが、もう無反応期も過ぎたので嫌ではなく、うっとりと身を投げ出して美熟女の愛撫を受け止めた。

恐る恐る股間を見ると、とびきり美しく颯爽たる熟女が、上気した頰をすぼめてペニスに吸い付いていた。熱い息が股間に籠もり、口の中ではクチュクチュと舌が蠢き、たちまちヌメリが清められた。

そして彼自身は、生温かく清らかな唾液にまみれながら、ムクムクと回復していった。

硬度を増してくると照代は満足げに息を弾ませ、顔を小刻みに上下させ、スポスポと強烈な摩擦を開始してくれた。そしてしなやかな指先は、サワサワと陰嚢をくすぐった。

「ああ、気持ちいい……」

亜紀彦は完全に元の大きさを取り戻しながら喘ぎ、無意識にズンズンと股間を突き上げはじめてしまった。

まるで全身が縮小し、照代のかぐわしい口に全身が含まれ、唾液にまみれて舌で転がされているような快感に包まれた。

「い、いけません、またいきそうですので……」

すっかり高まった彼が警告を発したが、照代は濃厚でリズミカルな愛撫を止めようとしなかった。

たちまち亜紀彦は昇り詰めてしまい、心の片隅で、美人社長の口を汚すという禁断の快感も味わった。

「き、気持ちいい……、アアッ……」

彼は股間を突き上げながら快感に喘ぎ、照代の喉の奥にドクンドクンとありったけのザーメンをほとばしらせてしまった。

「ンン……」

彼女も直撃を受けながら小さく呻き、なおも舌の蠢きと口の摩擦を続行してくれた。さらに射精と同時にチューッと強く吸い付いたので、亜紀彦は魂まで吸い取られそうな快感に身悶えた。

まるで陰嚢から直にザーメンを吸い出され、ペニスがストローと化したかのようだ。だから彼女の意思で吸われている感が強く、美女の口を汚している感覚は薄れた。

最後の一滴まで出し尽くすと、彼はグッタリと身を投げ出して荒い息遣いを繰り返した。

ようやく照代も愛撫を止め、亀頭を含んだまま口に溜まったザーメンをゴクリと一息に飲み干してくれた。

「あう……」

喉が鳴ると同時に口腔がキュッと締まり、彼は駄目押しの快感に呻き、飲んでもらった感激に胸を震わせた。

自分の生きた精子が、この美女の胃の中で溶けて吸収され、栄養にされることが何より嬉しかった。

やがて照代が口を離し、なおも余りを絞るように幹をしごき、尿道口に脹らむ白濁の雫まで丁寧にチロチロと舐め取ってくれたのだった。

「く……、も、もう……」

亜紀彦は刺激にヒクヒクと過敏に幹を震わせ、降参するように腰をよじって呻いた。

照代も舌を引っ込めて顔を上げ、

「立て続けの三度目なのに多くて濃いわ……」

言いながら添い寝してきた。亜紀彦は甘えるように腕枕してもらい、精根尽き果てたように荒い呼吸を繰り返しながら力を抜いた。

照代の吐息にザーメンの生臭さは残っておらず、さっきと同じ上品な白粉臭を嗅ぎながら、彼はうっとりと余韻を味わったのだった。

何と三度の射精は、美人社長の肛門と膣と口に行われたのである。

「さあ、少し休んだら、三階の部屋に戻って資料の続きに目を通しなさいね」

照代が囁き、彼も小さく頷いたのだった。

5

「何か気がついたことはあるかしら。社長に呼ばれてどんな話を？」

昼食の時、また咲枝は、周囲に他の人たちがいなくなると顔を寄せて亜紀彦に訊いてきた。

周囲の女子社員は、まるで私語が禁止か、あるいは新人の咲枝や亜紀彦に話しかけないよう言いつけられているかのように静かに昼食を終えていた。

今日もバイキング式で、亜紀彦と咲枝はハンバーグに野菜サラダ、ロールパンにスープだ。

「ううん、社長とは、社の方針とか各階の仕事の説明を受けているだけ」

亜紀彦は食事しながら答えた。まさか美人社長を相手に朝から三回も射精したなど言うわけにはいかない。

「それより君の方は？　誰か社に訪ねてくるとか、社宅で何か聞いたとか」

「何もないわ。たまに業者が来ても、それぞれの部署に繋ぐだけ。社宅でも、みんな素っ気ないぐらい静かだわ。苛《いじ》められるよりはずっと良いけれど」

スッピンでも、輝くように美しい咲枝が答える。

「そう、じゃ君の思い過ごしで、ごく普通の会社じゃないのかな」

「そんなことないわ。入社してから半年間で、変な感じはますます強くなっているもの。どこがどう、というわけじゃないのだけど」

亜紀彦が気楽に言ったが、咲枝は不安げに答えた。それでも給料は良いし、特に大変な仕事ではないから続けているに違いない。

まさか、いずれ亜紀彦の子を孕む使命を帯びているなど、今の咲枝は夢にも思っていないだろう。

やがて食事を終えると二人は片付け、咲枝は洗面所へ行ってから受付へ戻り、亜紀彦は三階の個室に戻った。

資料ファイルも大部分読み進んだが、後半は製品開発のことばかりである。

それでも咲枝が感じているような、何やら妖しげな雰囲気はファイルの全体から感じられた。

彼は製品から取引先まで読み進めながら、分からない言葉が出てくると傍らのノートパソコンで検索した。

するとドアがノックされ、返事をすると照代が一人の女性と入ってきた。

見ると二十代後半ぐらいだろうか、ポニーテールで切れ長の目が吊り上がった凄味のある美女である。

「秘書の神尾《カミオ》です。これ、あなたの出来たての名刺」

彼女が言って自分の名刺と、箱に入った亜紀彦の名刺を渡された。

社長秘書で、彼女の名は神尾実弥子《みやこ》。そして亜紀彦の肩書きは、部長補佐となっていた。

「これから一緒にテレビ局へ行って、CMの収録を終えた娘を迎えにいって欲しいの。局の担当にも、あなたの名刺を渡してきて」

照代が言い、亜紀彦は目を丸くした。

「分かりました。社長には娘さんがいたんですか」

「ええ、奈美《ナミ》と言って、十九になる短大生。バイトで、うちのCMタレントみたいなことをしているわ」

照代が言い、やがて三人は部屋を出た。照代は五階へ戻り、亜紀彦は実弥子と一緒に一階へ下りて駐車場へ向かった。

そして白いベンツに乗り込み、すぐに実弥子はスタートさせた。

「驚きました。社長が子持ちだったなんて」

亜紀彦は言ったが、四十前後なのだから、子がいてもおかしくはない。

「社長はシングルマザーよ」

実弥子が、ハンドルを繰りながら言った。

そして社を出て国道に向かっていると、川沿いの道の前で一台の車が追い越すなり、前方に出て道をふさぎはじめた。

追い越そうとすると邪魔をし、クラクションを鳴らしても反応せず、ノロノロ運転を続けている。静かな道で、他に通る車も人もない。

「あおり運転ね、許せないわ」

気の強そうな実弥子が、濃い眉を吊り上げて言った。

ベンツを追い越し際に、運転しているのが若い娘と知ってからんできたのだろう。相手は安物の車だが、大音量で音楽をかけている。

すると、なんと実弥子はアクセルを踏み込み、追い抜き際に急ハンドルを切って相手の車に体当たりしたのである。

鈍い音がし、相手の車は土手を滑り落ちて停車した。

「車から出ないで」

実弥子は言うなり車を停め、外に飛び出ていた。

そして彼女は斜面を駆け下りると、相手の車からも三人の若者が出てきた。

みな頭の悪そうな顔立ちで、派手な格好をしている。平日の昼過ぎに遊んでいるのだからロクなものではないだろう。

「何しやがるんだ！」

「それはこっちの台詞よ」

実弥子は駆け寄って言うなり、先頭の男の股間を蹴り上げていた。

「むぐ……！」

男は白目を剝いて呻くと、そのままくずおれた。

「こ、この女！」

他の二人も色めき立って迫ってきたが、実弥子は容赦なく蹴りと正拳を奴らの股間や顔面に叩き込んだ。

（つ、強い……！）

見ながら亜紀彦は息を吞み、たちまち三人は地に転がった。

さらに実弥子は、倒れた三人の睾丸を思い切り踏みつぶし、車の大音量を切ってから土手の斜面を駆け上がってきた。

「二度と射精出来なくしたわ。無駄な子孫を残させないために」

息も切らさず、運転席に戻って言うと、彼女は再びスタートした。

実弥子は汗もかいていないが、運転席から漂う甘ったるい匂いが濃くなった気がした。

前方を見る目がキラキラとし、何やら戦うことが好きで堪らないようである。

「あ、あなたは……」

「これでも忍者の子孫で、幼い頃から祖父に武芸や忍びの術を叩き込まれてきたの。半年間、あなたの調査をしていたのも私」

「え……？」

してみると実弥子は、完全に照代の考えに同調しているようだ。それで攻撃も女性とのセックスが出来なくなるような睾丸を狙うのだろう。

「あなたのアパートにも何度も忍び込んで、細かに調査したのよ」

実弥子が、大通りに入って加速しながら言う。

そういえば今までもバイト帰りに、何度か室内に違和感を覚えたことがあったが、実弥子が入り込んでいたようだった。

それで合格がもらえたのだから、ＷＯに入社できたのは実弥子のおかげかも知れない。

「車が傷ついちゃったね」

「そんなこと構わないわ。三匹のゴミを退治したのだから」

実弥子が言う。今後とも、何かと彼女はダメ男の睾丸を粉砕するつもりでいるようだった。

やがて都内に入ると、実弥子はビル脇の駐車場に入り、スタジオに入った。

ここはケーブルテレビの通販番組を制作する会社らしい。

受付で案内されると、ちょうどスタジオからは収録を終えたらしいスタッフが出てきたところだった。

「実弥子さん」

一人の美少女が言い、実弥子に駆け寄ってきた。

「お疲れ様、大変だった」

「ううん、一度もNGを出さなかったのよ」

笑顔で実弥子に答えている、これが照代の一人娘、奈美らしい。

ショートカットで笑窪が浮かび、健康的な肢体をしている十九歳だが、胸はいずれ照代のように豊かになる兆しを見せているようだ。衣装も、思春期らしい清楚なものだった。

ＷＯのＣＭは、若い頃から当社の健康食品を飲んでいると、先々まで若い肌が保てるというような内容らしい。

亜紀彦は自己紹介をし、奈美やディレクターたちにも新品の名刺を配って挨拶した。

やがて担当ディレクターと四人で、喫茶室で休憩と今後の打ち合わせなどをしてから引き上げることにした。

今度は亜紀彦は後部シートに乗り、奈美が助手席に乗って再び西へと移動していった。彼は、前に座る強い美女と可憐な美少女のほのかな匂いを感じながら股間を熱くさせてしまった。

奈美を送る先は、社の近くにあるマンションで、照代も五階の私室ではなく、週末はそこで娘と暮らしているようだった。

奈美を送り届けてから、また二人で社へ戻り、もう退社時になったので、彼はそのまま原付で帰ることにした。

その旨は、実弥子が照代に電話してくれた。

「私は、車の修理に行ってくるわ」

実弥子が言う。ベンツの左前方が、だいぶ擦れて傷ついている。

「夕食後、あなたのアパートへ行くわ。待っていて」

「え、ええ……」

亜紀彦は戸惑いながら答え、やがて原付でアパートへと帰った。

(今日も色々あったな……)

彼は思いながらシャワーを浴び、レトルトライスをチンして冷凍食品の夕食を済ませた。そして歯磨きをし、少しネットを見ていたが、来るという実弥子が来ないので、仕方なくシャツとトランクス姿になると、灯りを消して万年床に横になった。

すると、暗い部屋の片隅に人影があったのである。

第三章　くノ一の甘き匂い

1

「うわ、びっくりした……、いつから……」

　亜紀彦は飛び起きて言い、再び灯りを点けた。

　部屋の隅に、黒ずくめの実弥子が座していた。黒のジャージ上下に黒手袋と黒マスク、ポニーテールときつい眼差しで実弥子と分かり、彼女は古武道でいう立て膝、つまり左足は正座で右足は胡座《あぐら》という、どのようにも身動きできる座り方をしていた。素足なので玄関を見ると靴、というより忍者ブーツ、要するに地下足袋が置かれていた。

アパートだから屋根裏からというわけにいかず、今までにも何度も入ったというので合い鍵を持っているのだろう。

「さっきからずっとよ。もっとも気配を消していたので」

実弥子が言い、マスクを外した。

彼女は女子社員の監視役も兼ねて社宅に住んで、今もそこから走ってきたらしい。あえて車を使わず、人に気づかれないよう移動するのも、全て鍛錬の一環なのかも知れない。

そういえば、甘ったるい匂いが感じられはじめた。

「忍びは、行動の前に全身の匂いを消すものなのだけれど、今日はあえてそのまま来たのに、匂いに気づかないなんて」

なんて鈍い、とでも言いたげに実弥子が言い、立ち上がってジャージを脱ぎはじめたのだ。

どうやら、これから出来るらしく、亜紀彦は激しく勃起してきてしまった。

今日も三回射精したが、それは午前中のことだし、半日も間が空けば淫気もリセットされている。

それに初めて会う女性というのは、興奮も格別なものであった。

「さあ脱いで。今まではオナニーの様子を見たこともあったけど、触れるのは初めてなので、いろいろ吟味しておきたいわ」

実弥子が、見る見る小麦色の肌を露わにしながら言った。

してみると、今までも何度か、亜紀彦がオナニーしている様子を実弥子は同じ室内で観察していて、彼がシャワーでも浴びにいったとき、そっと退散していたのだろう。

彼も手早くシャツとトランクスを脱ぐと、実弥子も一糸まとわぬ姿になって万年床に仰向けになってきた。

「いいわ、好きにして。社長や部長とは違うと思うわ」

彼女が言い、見ると実に均整の取れた見事なプロポーションをしていた。

恐らく、あらゆる体術に長《た》けているだろうに、アスリートのような筋肉は隠され、実に滑らかな肌をしていた。

それでも肩や太腿は発達し、腹も引き締まっている。

乳房はそれほど豊かではないが、形良く張りがありそうだ。

そして全裸になると、さらに生ぬるく甘ったるい匂いが全身から艶めかしく立ち昇っていた。

好きにして良いと言うのだから、まず亜紀彦は、彼女が不良たちの睾丸を蹴り潰した足に迫っていった。

全体にほっそりと見える体型だが、足裏はさすがに大きめで、指も太く逞しかった。強靱な筋肉は柔肌に覆い隠されているが、こうした末端までは力を秘めることが出来なかったのかも知れない。

足裏に舌を這わせると、踵は硬く、土踏まずは柔らかかった。

しっかりとした太さを持っている指の間に鼻を押し付けて嗅ぐと、朝からシャワーは浴びていなかったのか、そこは生ぬるい汗と脂に湿り、蒸れた匂いが濃く沁み付いていた。

亜紀彦は逞しい美女の足の匂いに鼻腔を刺激されながら、爪先にしゃぶり付いて順々に指の股に舌を割り込ませていった。

「く……」

実弥子が小さく呻き、彼の口の中で指先を震わせた。

あるいは彼女は、亜紀彦と麻里子や照代との行為も覗き見ていて、彼の愛撫のパターンも知って期待していたのかも知れない。

彼は念入りにしゃぶり、両足とも味と匂いを貪り尽くした。

そして股を開かせ、脚の内側を舐め上げていくと、スベスベの肌の奥には、さすがに強靱なバネを秘めたような躍動感が感じられた。

滑らかな内腿も、硬いほどに引き締まった筋肉が、柔肌に覆い隠されているようだ。

股間に迫って見ると、手入れしているのか恥毛は薄く、丘にほんのひとつまみほど茂っているだけだった。

割れ目からはみ出す陰唇はヌラヌラと蜜に潤い、そっと指を当てて左右に広げると、膣口の襞には白っぽく濁った粘液がまつわりついている。

クリトリスは、なんと親指の先ほどもある太く大きなもので、何やらこの突起が、彼女の力の源のような気がした。

艶めかしい眺めに吸い寄せられ、顔を埋め込むと柔らかな恥毛の隅々に籠もる濃厚な汗とオシッコの匂いが悩ましく鼻腔を刺激してきた。

「アア、恥ずかしい……」

技ばかりでなく精神も強いはずの実弥子が、執拗に鼻を擦りつけて嗅ぐと声を震わせて喘いだ。やはり本来は体臭を消す忍びの者が、ナマの匂いのままでいるので激しい羞恥が湧くのだろう。

それに匂いを好むという彼の性癖を知っているため、洗って失望されるのも避けたかったのかも知れない。

亜紀彦は悩ましい匂いで胸を満たしながら、舌を挿し入れてヌメリを掻き回した。やはり愛液は淡い酸味を含み、ヌラヌラと彼の舌の動きを滑らかにさせていった。

そして大きめにツンと突き立ったクリトリスまで舐め上げていくと、

「あう、気持ちいい……！」

実弥子がビクリと反応して呻き、内腿でムッチリときつく彼の両頬を挟み付けてきた。

しかし、いかに快感に我を失っていても、いきなり攻撃すれば簡単に対処できるほど切り替えが速いのだろう。

もちろん冗談にしろ攻撃などせず、彼はチロチロと舌を蠢かせ、クリトリスを刺激しては新たに溢れる蜜をすすった。

そして味と匂いを存分に堪能してから、彼女の両脚を浮かせて尻の谷間に迫った。そこには薄桃色の蕾が、おちょぼ口のように僅かに突き出て細かな襞を震わせていた。

鼻を埋めると、蒸れた汗の匂いに秘めやかで生々しい微香も混じり、彼の鼻腔を刺激してきた。あるいは案外古風な生活習慣で、彼女はシャワー付きトイレは使用していないのかも知れない。

亜紀彦は、美女の尻の谷間に籠もる淡いビネガー臭を貪るように嗅いでから、舌を這わせて息づく襞を濡らした。

ヌルッと潜り込ませて滑らかな粘膜を探ると、

「く……！」

実弥子が呻き、モグモグと肛門で舌先を締め付けてきた。

彼は内部で舌を蠢かせ、淡く甘苦い味覚を探ってから、ようやく顔を上げた。

割れ目は愛液が大洪水になり、それをすすってクリトリスにも吸い付くと、

「お願い、入れて……！」

実弥子がヒクヒクと下腹を波打たせてせがんできた。

まだ射精するのは勿体《もったい》ないが、一度挿入して感触を味わってみたくなり、亜紀彦は身を起こして股間を進めていった。

正常位で先端を濡れた割れ目に擦り付け、充分にヌメリを与えてから位置を定め、ゆっくりと膣口に押し込んだ。

するると先端が潜り込んだ途端、いきなりペニス全体がヌルヌルッと根元まで滑らかに吸い込まれていったのだ。

「うわ、すごい……」

彼はあまりの快感に息を呑んで言った。まるで内壁の上下に、キャタピラでも付いているように、一気に呑み込まれたのである。

股間が密着すると、彼は脚を伸ばして身を重ね、屈み込むようにして左右の乳首を吸った。

舌で転がし、腋の下にも鼻を埋め込んで嗅ぐと、甘ったるい濃厚な汗の匂いが馥郁と胸に沁み込んできた。

じっとしていても膣内の蠢動《しゅんどう》が繰り返され、彼自身は奥へ奥へと吸い込まれてゆくのだ。

どうやら、大変な名器らしい。

そして内部がキュッと上下に締まると、ヌメリで押し出されそうになるので、彼も懸命にグッと股間を密着させていなければならなかった。

先天的な特異体質で、さらに忍者の血筋のものが過酷な鍛錬を繰り返すと、膣内もこのようになるのだろうか。

律動などしなくても、その吸引と蠢き、締め付けと温もりの中で、彼はすぐにも果てそうなほど高まってしまった。

しかも実弥子が下から両手でしっかりとしがみつき、さらに両脚まで彼の腰に巻き付け、ピストン運動を促すように動かしてきたのだった。

2

「つ、突いて……」

実弥子が股間を突き上げながら言う。亜紀彦は上から唇を迫らせていたが、不思議に熱く湿り気ある吐息だけは無臭に近く、うっすらと果実臭が感じられるだけだった。

それでも、ここで舌をからめて腰を動かしはじめたら、すぐにも漏らしてしまうだろう。

「ま、待って……、まだ勿体ない……」

亜紀彦は身を起こして言い、懸命に彼女の手足を振りほどくと、ヌルッとペニスを引き抜いてしまった。

「あう……」

実弥子が不満げに呻くなり、いきなり身を起こして彼を仰向けにさせた。

「あのままいけば良かったのに」

「だ、だって、恐いほど気持ち良すぎで病みつきになりそうで……」

「じゃ、これは？」

彼女は言い、亜紀彦の股間に顔を迫らせてきた。

そして愛液にまみれた亀頭にしゃぶり付き、そのままスッポリと根元まで呑み込んでいった。

「アア……」

温かく濡れた口腔に深々と含まれ、彼は快感に喘ぎながら幹を震わせた。

実弥子も、受け身と違い上になった途端積極的に吸引して舌を蠢かせ、熱い息を股間に籠もらせて激しく貪ってきた。

（え……？）

ふと亜紀彦は、違和感に気づいた。

幹を締め付ける唇と蠢く舌と、もう一種類の感触があったのだ。それは滑らかにモグモグとペニスを味わっていた。

股間を見ると、実弥子の手に何かが握られている。見ようと引き寄せると、彼女も素直に渡してくれた。

「うわ……」

それは何と、精巧に作られた総入れ歯ではないか。唾液に濡れた義歯が、実に艶めかしく綺麗な歯並びを揃えていた。

では実弥子は、唇と舌の他に、濡れた歯茎によるマッサージも駆使していたのである。

名器は、膣だけではなかったのだ。

すると実弥子が口を離し、彼の手から義歯を取り返して手早く装着した。

「薬草を口で嚙んで作ることもあるので、掃除しやすいように全部抜いて、取り外しできるようにしたのよ」

股間から、実弥子が作り物の歯並びで言う。

それで彼女の口臭が実に薄かったのだ。恐らく夕食後に、外して念入りに洗ってしまったのだろう。

しかも薬草造りということは、彼女は秘書というだけでなくＷＯの薬品部門にも関与しているようだった。

「どうする。お口と膣内と、どっちに出す？」

妖しい切れ長の目で言われ、いよいよ彼も限界に近づいていた。

「う、上から跨いで入れてほしい……」

亜紀彦が言うと、すぐにも実弥子は前進し、彼の股間に跨がってきた。

唾液に濡れた先端に割れ目を押し当て、腰を沈めてヌルヌルッと根元まで膣内に納めていった。

「アア……、いい……」

実弥子が顔を仰け反らせて言い、股間を擦り付けるたび腹筋が浮き出た。

亜紀彦も、再び名器の内部に包み込まれ、収縮と締め付けを感じながら両手で彼女を抱き寄せた。

実弥子が上になれば、いくら締め付けられても抜ける心配はないだろう。

彼は両膝を立てて蠢く尻を支え、下からしがみついて美しいくノ一の重みと温もりを味わった。

「は、歯を外してキスして……」

囁くと、彼女もすぐに手のひらを口に当てて外した義歯を握り、歯のない口で上からピッタリとキスしてくれた。

舌を挿し入れて歯茎を舐めると、それは抜いた痕跡の凹凸もなく、実に滑らかだった。

「ンン……」

実弥子も熱く鼻を鳴らして舌をからめながら、徐々に腰を動かしはじめた。

亜紀彦がズンズンと股間を突き上げると、何とも心地よい摩擦と蠢きが幹を刺激し、溢れた愛液が互いの股間を生ぬるくビショビショにさせた。

彼は良く締まる膣内で揉みくちゃにされながら、美女の唇と舌、歯茎を舐め回し、絶頂を迫らせながら実弥子の口に鼻を押し込んだ。

嗅ぐと熱い吐息が鼻腔を湿らせ、果実臭に似た、唇で乾いた唾液の匂いが淡い刺激を伝えて胸を満たした。

匂いは薄いが、美女が一度肺に入れて出てきた呼気を嗅ぐだけで幸せな気分になった。

すると実弥子も、舌や歯茎で彼の歯の頭を刺激し、生温かな唾液でヌルヌルにしてくれた。

「い、いく……、アアッ……！」

とうとう彼は声を上げげ、名器に翻弄されながら大きな絶頂を迎えてしまった。

同時に、大きな快感とともにありったけの熱いザーメンがドクンドクンと勢いよくほとばしり、奥深い部分を直撃した。

「か、感じる……、アアーッ……！」

実弥子も噴出を受け止めて喘ぎ、ガクガクと狂おしいオルガスムスの痙攣を繰り返しはじめた。

さらに膣内の収縮が高まり、何やら身体ごと吸い込まれそうだった。

亜紀彦は溶けてしまいそうな快感を心ゆくまで味わい、最後の一滴まで出し尽くしていった。

すっかり満足しながら徐々に突き上げを弱めていくと、

「ああ……」

実弥子も声を洩らして肌の硬直を解き、グッタリと力を抜いて遠慮なく体重を預けてきた。

膣内の蠢きと締め付けは続き、ヌメリを余さず吸い取っているかのようで、彼自身はその刺激にヒクヒクと過敏に反応した。

そして実弥子の熱く淡い匂いの吐息を嗅ぎながら、うっとりと余韻に浸っていると、彼女も義歯を装着して呼吸を整えた。

唾液の湿り気で、総入れ歯はピッタリと吸着し、会話も食事も全く支障はないようだ。

「シャワーを借りるわね……」

やがて実弥子が身を起こし、股間を引き離した。そしてバスルームへ入ったので、亜紀彦はティッシュを取り、濡れたペニスを拭った。

どうせ明日の出勤前にシャワーを浴びるので、今夜はもう流さずに、このまま眠りたかった。

やがてシャワーの音が止み、実弥子が身体を拭いて出てきた。

すでに何度か部屋に侵入していたようだから、洗濯済みのタオルの位置まで知っているのだろう。

「このまま寝ちゃうの？」

「ええ……」

「すごく良かったわ。社長も満足していたようだし、行為の方も合格ね」

実弥子は言いながら身繕いをした。

たちまち黒のジャージ上下に黒マスクの姿になった。そして部屋の灯りを消して玄関に腰掛け、忍者ブーツを履いて手袋をした。

「じゃまた明日会社で」

「ええ、おやすみなさい」

横になったまま返事をすると、実弥子は出てゆき、外から合い鍵でロックし、すぐに気配が消えていった。

亜紀彦は心地よい脱力感の中、暗い部屋で目を閉じると、すぐにも深い睡りに落ちてしまったのだった。

3

「部長補佐って、どんな仕事をすればいいですか」

翌朝、亜紀彦が出勤すると部屋に部長の麻里子が来たので彼は訊いた。

今日も、このグラマーなメガネ美女は白衣姿の前を開き、ブラウスの胸を豊かに弾ませている。

「今日もザーメンの採集よ。いずれは分析の仕事なども手伝ってもらうけど、今は少しでも多くサンプルが欲しいの」

麻里子が言い、また射精出来るのだと思うと亜紀彦の股間が熱くなってきた。

昨日は午前中に三回、寝しなに一回射精しているが、もちろん一晩寝れば、リセットされて淫気は満々になっている。

そして彼女が白衣のポケットから、スポイトと瓶を出して机に置いたが、それだけである。

「コンドームは？」

「今日はいいの。私の中に出してから、スポイトで吸い出して。純粋なザーメンでなく、他の不純物が入っても精子を取り出せるかという実験だから」

「わあ、ナマで中出しできるんですか……」

彼が顔を輝かせて言うと、麻里子はドアをロックしてからソファの背もたれを倒してベッドにした。

「ええ、私も楽しみなの」

言いながら彼女は白衣とブラウスを脱いでゆき、室内に生ぬるく甘ったるい匂いを籠もらせていった。

彼も促され、勃起しながら手早く全裸になった。

亜紀彦がベッドに横になると、彼女もためらいなく最後の一枚まで脱ぎ去り、メガネだけかけて白く豊満な全裸を晒《さら》した。

「あの、裸の上に白衣だけ羽織ってくれますか」

「いいわ、そういう姿が好きなのね」

言うと麻里子もすぐに白衣だけ羽織り、巨乳をはみ出させて迫った。

やはり彼女は、メガネに白衣姿が良く似合うのである。それに全裸よりも、いかにも社内でいけないことをしている禁断の興奮と、同時に仕事でしているのだという雰囲気が湧くのだ。

「わあ、もうこんなに勃ってるわ。嬉しい」

麻里子がベッドに上り、屹立《きつりつ》しているペニスに目を輝かせて言い、すぐにも顔を寄せてきた。

小指を立てて幹を握り、先端にチロチロと舌を這わせ、張り詰めた亀頭全体も念入りにしゃぶりはじめた。

「ああ、気持ちいい……」

亜紀彦は快感に喘ぎ、幹をヒクつかせた。前の時は、コンドームを装着していた上、ペニスには触れてももらえなかったのである。

麻里子は充分に舐めてから、丸く開いた口でスッポリと喉の奥まで呑み込み、熱い鼻息で恥毛をくすぐりながら、クチュクチュと舌をからめてきた。

そして舌の表面と口蓋で亀頭を挟み、チューッと強く吸われると、

「い、いきそう……」

亜紀彦は急激に高まり、生温かな唾液にまみれたペニスをヒクヒク震わせた。

「出されたら困るわ。私にして」

すぐに麻里子はスポンと口を離して添い寝し、仰向けになったので、彼も入れ替わりに身を起こし、息づく巨乳に顔を埋め込んでいった。

乳首に吸い付いて舌で転がし、顔中を豊かで柔らかな膨らみに押し付けた。

「ああ、いい気持ち……」

麻里子も熱く喘ぎはじめ、うねうねと柔肌を悶えさせた。

両の乳首を順々に含んで舐めてから、さらに乱れた白衣の中に潜り込んで、ジットリ湿った腋の下にも鼻を埋め、彼は甘ったるい汗の匂いでうっとりと胸を満たした。

嬉しいことに、麻里子は朝シャワーをしていないようで、全身に濃厚なナマの体臭が沁み付いていた。

そして彼は白く滑らかな肌を舐め降り、淡い汗の匂いの籠もる臍に鼻を押し付けてから舌で探り、豊満な腰のラインから脚を舐め降りていった。

爪先までいくと身を起こし、両手で足を包んで浮かせ、足裏を舐めて指の間に鼻を割り込ませて嗅いだ。

そこは今日のムレムレの匂いが濃く沁み付き、彼は充分に鼻腔を刺激されてから、汗と脂に湿った指の股を順々に舐め回した。

「あう、くすぐったい……」

麻里子が色っぽい声で呻き、唾液に濡れた指先を震わせた。

亜紀彦は両足とも全ての指の股の味と匂いを貪り尽くすと、大股開きにさせて腹這い、脚の内側を舐め上げていった。

ムッチリと量感ある内腿をたどり、熱気の籠もる割れ目に迫ると、すでに溢れる愛液に陰唇がヌラヌラと潤っていた。

堪らずに顔を埋め、柔らかな茂みに鼻を擦りつけ、隅々に籠もる汗とオシッコの匂いで胸をいっぱいに満たした。

貪るように嗅ぎながら舌を挿し入れ、淡い酸味のヌメリを掻き回し、息づく膣口からクリトリスまで舐め上げていくと、

「アアッ……、いいわ……」

麻里子が身を弓なりに反らせて喘ぎ、内腿できつく彼の顔を挟み付けてきた。

亜紀彦は豊満な腰を抱え、執拗にチロチロと舌先でクリトリスを弾いては、新たに溢れてくる愛液をすすった。

さらに両脚を浮かせ、逆ハート型の尻に迫り、谷間の蕾に鼻を埋め込んで蒸れた匂いを嗅ぎ、舌を這わせてヌルッと潜り込ませた。

「あう……」

麻里子が呻き、モグモグと味わうように肛門で舌先を締め付けた。

彼は滑らかな粘膜を充分に探ってから脚を下ろし、再び割れ目に戻って大量の愛液を舌で掬《すく》い取り、クリトリスに吸い付いた。

「い、入れて……」

彼女が待ちきれなくなったように、白い下腹をヒクヒクと波打たせながらせがんできた。

亜紀彦も早くナマ感触を味わいたくて、身を起こして股間を進めていった。

幹に指を添え、先端を割れ目に擦り付けてヌメリを与えながら膣口に位置を定めると、ゆっくり挿入していった。

肉襞の摩擦と温もりを味わいながらヌルヌルッと根元まで押し込み、ピッタリと股間を密着させると、

「アア、いい気持ち……！」

麻里子が顔を仰け反らせて喘ぎ、キュッキュッと味わうように締め付けながら両手を伸ばして彼を抱き寄せた。

亜紀彦も脚を伸ばし、肉感的な肌に身を重ねていった。まるで心地よい肉布団に身を預けているようだ。

胸で巨乳を押しつぶして弾力を味わい、膣内で心地よく締め付けられる幹を震わせると、

「突いて、奥まで強く何度も……」

麻里子が下から両手でしがみつきながら言い、ズンズンと股間を突き上げはじめた。彼も合わせて腰を遣い、上からピッタリと唇を重ね、舌を挿し入れて滑らかな歯並びを舐めると、麻里子も歯を開いて舌をからめてきた。

「ンン……」

舌を蠢かせながら膣内の収縮を高め、彼女が熱く呻くたび亜紀彦の鼻腔が悩ましく湿り気を帯びた。

いったん動くと、あまりの快感に腰の動きが止まらなくなり、いつしか彼は股間をぶつけるように激しいピストン運動を開始していた。

「アア……、いきそうよ、もっと強く……」

彼女が身を反らせて喘ぎ、大量の愛液で互いの股間を濡らしながら、クチュクチュと淫らに湿った摩擦音を響かせた。

色っぽい口から洩れる熱い吐息は、今日も花粉のような甘さを含み、悩ましく鼻腔を刺激してきた。

亜紀彦は鼻を押し込んで美女の口の匂いに酔いしれながら、とうとう本日一回目の絶頂を迎えてしまった。

「く……！」

大きな快感に呻きながら、熱い大量のザーメンをドクンドクンと勢いよくほとばしらせると、

「い、いく……、アアーッ……！」

噴出を感じた麻里子も激しく仰け反って声を上げ、ガクガクと狂おしいオルガスムスの痙攣を開始した。

膣内の収縮と締め付けも最高潮になり、彼は心ゆくまで快感を噛み締め、最後の一滴まで出し尽くしていった。やはりナマの中出しは最高で、しかも初日は全てコンドーム越しだったから、悦びも快感も実に大きかった。

すっかり満足しながら、亜紀彦は徐々に腰の動きを弱めてゆき、力を抜いて豊満な肌に体重を預けていった。

「ああ……、良かった……」

麻里子も満足そうに声を洩らしながら、肌の硬直を解いてグッタリと身を投げ出していった。

膣内はまだ名残惜しげな収縮を繰り返し、刺激されるたびに射精直後で過敏になった幹がヒクヒクと跳ね上がった。

「あう……、まだ動いているわ……」

彼女も言いながら、キュッキュッときつく締め付けてきた。

亜紀彦は重なったまま、美女の熱くかぐわしい吐息を嗅いで胸を満たし、うっとりと快感の余韻を味わった。

「休んだら、スポイトで吸い出して瓶に入れて……」

「分かりました……」

麻里子が息を弾ませて言うので、彼も答え、呼吸を整えてからそろそろと身を起こしていった。そして手を伸ばしてティッシュとスポイトを取り、手早くペニスを拭ってから、彼女の股間に顔を寄せた。

すると麻里子も脚をＭ字に開き、自ら指でグイッと陰唇を左右に広げてくれたのだ。

その艶めかしい眺めに、すぐにも彼は回復しそうになりながら、膣口にスポイトを差し入れ、注意深く愛液混じりのザーメンを吸い出した。

そして何度かに分けて瓶に滴らせると、ようやく彼女もティッシュで割れ目を拭き、身を起こしてきたのだった。

4

「ね、ラインを交換したいわ。ここで話すのは人目があるから」

昼休み、社員食堂で咲枝が亜紀彦に言った。

確かに、周囲で黙々と食事する女子社員たちがいるとあまり話せないが、彼女は他に誰もいない受付だし、亜紀彦も一人の部屋だから、こっそりラインすることぐらいできるだろう。

亜紀彦も応じ、ラインを交換した。

「ラインだけじゃなく、明日の休みに会ってほしいわ」

咲枝が言う。今日はパスタに野菜サラダ、行き合うことが多いので、どうしても自然に二人は同じメニューになった。

咲枝は社宅だし周囲は先輩社員ばかりだから、せめて土日の休みぐらい外へ出たいのだろう。

「うん、分かった。明日のことはラインで打ち合わせしよう」

亜紀彦は答え、やがて二人は食事を終えるとトレーを片付け、それぞれの持ち場へと戻った。

午前中は、麻里子を相手に一回射精しただけで彼女は引き上げ、あとは亜紀彦も製品の売り上げファイルなどに目を通していたのだ。

身体を洗い流したかったが、彼の個室にはシャワールームがないので、仕方なくティッシュで拭いただけである。

(明日は彼女と休日デートか……)

亜紀彦は胸が高鳴った。何しろ咲枝は処女ということだし、他に話す相手もいないから、ここのところ何かと彼を頼りにしている。

特に彼は社内恋愛禁止などとは聞いていないから、明日は咲枝をアパートへ呼んで懇《ねんご》ろになりたいと思った。

もう彼女も二十二歳なのだから、そろそろ初体験しても構わないだろうし、いずれ二人が結ばれることは照代の計画に入っていることなのだ。

ただ、その時期を勝手に決めて良いものか、それだけが気になった。

そして亜紀彦が部屋に戻ると、すぐに内線電話が鳴り、出ると社長秘書の実弥子だった。

「五階に来て」

「分かりました、ただいま」

彼は答え、部屋を出て五階へ上がり社長室をノックした。

返事があって中に入ると、スーツ姿の実弥子だけがいた。

「社長は取引先へ出かけているわ」

「そうですか」

「明日の、咲枝とのデートだけど、して構わないわ」

「え……？」

ポニーテールできつい眼差しのくノ一にいきなり言われ、亜紀彦は目を丸くした。社員食堂での会話を聞かれていたのだろう。

「は、はあ……、彼女次第なので、出来るかどうか分かりませんが……」

「大丈夫でしょう。女子高に女子大を出て、多少レズの戯れは体験しているけど
さすがに二十二になって処女を卒業したいと思っているし、あなたにも好奇心を
抱いているわ」
実弥子が歯切れ良く言う。亜紀彦のみならず、咲枝のことも彼女は細かに調査
済みなのだろう。
それにしても、レズ体験があるというのは興味深かった。まあ、そのために処
女喪失が遅れているのかも知れない。
「こっちへ」
実弥子に言われ、彼は誘われるまま社長室の奥の部屋に入った。
そこは照代の私室で、ベッドやキッチンがあり、ワンルームマンションのよう
だった。
どうやら、社長から絶対の信頼を受けている実弥子は、勝手に入って良いとい
う許可を得ているのだろう。
「シャワーを浴びて。部長の淫水の匂いが残っているわ」
言われて、気になっていた彼はドキリとした。このくノ一は、どうやら嗅覚も
常人離れしているのだろう。

洗面所に案内された亜紀彦は、手早く服を脱いだ。

すると実弥子は歯ブラシを出したのだ。どうやら昼食後の歯磨きで、総入れ歯を洗う習慣らしい。

「わ、磨く前に嗅いでみたい」

全裸になった亜紀彦は、急激に勃起しながら実弥子に迫ってしまった。

仕事中に図々しいが、すでに実弥子とは昨夜懇ろになっているし、すでに彼は全裸なのだ。

するとクールビューティな彼女は歯ブラシを置き、動揺も見せずにされるままになった。

自分が全裸で彼女がスーツ姿というのも興奮する状況で、亜紀彦はそっと唇を重ねて舌をからめると、やはり社長秘書だけにスッピンではなく薄化粧の香りが感じられた。

実弥子は、じっと薄目で彼の目を見つめたままだった。

生温かな唾液に濡れ、滑らかに蠢く舌を味わってから、彼女の口に鼻を押し込んで嗅ぐと、熱く湿り気ある吐息には彼女本来の淡い果実臭に、ほのかなガーリック臭も混じって鼻腔が刺激された。

実弥子も昼食はパスタだったのかも知れない。やはり念入りにケアされるよりも、ナマの匂いは実に興奮した。

その刺激が美しい顔とのギャップ萌《も》えとなり、彼は胸を満たしながら勃起度を増した。

「ね、身体中嗅いでみたい。僕は急いでシャワー浴びるから」

「いいわ、すぐでも。そんなに待ち切れないなら」

言うと実弥子は答え、一緒に洗面所を出ると照代のセミダブルベッドへと移動した。

実弥子がスーツを脱ぎはじめてくれたので、彼は先に横になった。

枕には、照代の髪や汗の匂いが濃厚に沁み付き、その刺激が鼻腔から股間に伝わっていった。

「社長のベッドで大丈夫かな」

「気づかれないわ。今日は金曜だから、社長はマンションに帰るので、次にここへ寝るのは月曜の夜だから」

実弥子が、見る見る引き締まった肢体を露わにしながら言う。

そして最後の一枚を脱ぎ去ると、ベッドに上がってきた。

「どうしてほしいの」

「足の指を嗅ぎたい。立ったままで」

「いいわ、こう？」

実弥子が答え、亜紀彦の顔の横にスックと立つと、片方の足を浮かせて足裏を彼の鼻と口に押し付けてきた。

さすがに体術の達人で、クッションでバランスを崩すこともなく、壁に手を突いて身体を支える必要もないようだ。

亜紀彦は足裏を舐め、指の股に鼻を潜り込ませるように押し付け、蒸れた匂いと、汗と脂の湿り気を味わった。さすがに昨夜は社宅に戻って入浴しただろうから、足の匂いは昨夜よりもやや薄めだった。

全ての指の間に舌を割り込ませて味わうと、足を交代してもらい、彼はそちらも存分に味と匂いを貪り尽くしたのだった。

「跨いで……」

真下から言うと、実弥子もためらいなく彼の顔に跨がり、和式トイレスタイルでしゃがみ込んでくれた。スラリとした長い脚がM字になると、内腿がムッチリと張り詰め、股間が鼻先に迫ってきた。

はみ出した陰唇が僅かに開き、奥の柔肉と、濡れはじめている膣口が覗き、そして大きめのクリトリスがツンと突き立っていた。

腰を抱き寄せると、股間に籠もった熱気と湿り気が揺らいで顔を包み込んだ。

薄めの茂みに鼻を押し付けて嗅ぐと、汗とオシッコの匂いが馥郁と鼻腔を掻き回してきた。

「いい匂い……」

言いながら舌を這わせても、実弥子は冷徹な眼差しで彼を見下ろしていた。

それでも膣口を探り、大きなクリトリスを舐めてからチュッと吸い付くと、

「あう……！」

ビクリと反応した実弥子が小さく呻き、そしてオマルに跨がったように、ベッドの柵に両手で摑まった。

クリトリスへの刺激で愛液の量が格段に増し、たまに割れ目を舐めると生ぬるい大量のヌメリが舌の動きを滑らかにさせた。

味と匂いを堪能すると、彼は尻の真下に潜り込み、張りのある双丘を顔中に受け止めた。谷間の蕾に鼻を埋めると、今日も蒸れた匂いが籠もり、彼は嗅いでからチロチロと舐め回した。

息づく細かな襞を充分に濡らしてから、ヌルッと潜り込ませて滑らかな粘膜を探ると、

「く……」

実弥子が呻き、キュッときつく肛門で舌先を締め付けてきた。

亜紀彦は充分に舌を蠢かせてから、再び割れ目に戻り、滴るほどに溢れた愛液をすすり、クリトリスを舐め回した。

5

「い、入れるわ……」

実弥子が腰を浮かせて言い、仰向けの亜紀彦の上を移動してペニスに跨がってきた。どうやら麻里子とセックスして、まだ洗っていないペニスをしゃぶるのは嫌なようだ。

先端に膣口をあてがい、息を詰めてゆっくり腰を沈めると、彼自身はヌルヌルッと滑らかに根元まで呑み込まれていった。

「アアッ……！」

実弥子が顔を仰け反らせて喘ぎ、ピッタリと股間を密着させて座り込んだ。

亜紀彦も感触と温もりを味わい、幹を震わせながら両手を伸ばして彼女を抱き寄せた。

彼女が身を重ねてくると両膝を立てて尻を支え、潜り込むようにして左右の乳首を舐め回し、顔中で膨らみを味わった。

両の乳首を愛撫してから腋の下にも鼻を埋め込んでいくと、やはり甘ったるい汗の匂いが馥郁と鼻腔を満たしてきた。

すると実弥子が、待ち切れないように腰を動かしはじめた。

「ああ、気持ちいいわ、すぐいきそう……、さすがに地天女が選んだ男だわ」

すっかり照代に心酔しているらしい彼女が喘ぎながら言い、亜紀彦もズンズンと合わせて股間を突き上げはじめ、再び彼女の唇に迫った。

「唾を垂らして」

下からせがむと、実弥子も喘いで乾き気味の口中に懸命に唾液を分泌させ、形良い唇をすぼめて顔を寄せた。そして白っぽく小泡の多い唾液をクチュッと吐き出してくれた。

舌に受けて味わい、うっとりと喉を潤しながら彼は激しく高まった。

そして彼女の顔を引き寄せ、また喘ぐ口に鼻を押し込んで濃厚な吐息を嗅ぎながら絶頂を迫らせていった。

するど、先に実弥子の方がガクガクと狂おしい痙攣を開始し、オルガスムスに達してしまったのだった。

「い、いく……、アアーッ……！」

声を上ずらせると同時に膣内の収縮と締め付けが増し、彼も続いて名器の中で昇り詰めてしまった。

「く……！」

絶頂の快感に呻きながら、熱い大量のザーメンをドクンドクンと勢いよく内部にほとばしらせると、

「あう、すごい……」

奥深い部分を直撃された実弥子が、駄目押しの快感を得たように呻き、キュッときつく締め上げてきた。

亜紀彦は激しく股間を突き上げ、心地よい摩擦快感と美女の匂いに包まれながら、最後の一滴まで出し尽くしていった。

満足しながら突き上げを弱めていくと、

「ああ……」

実弥子も力尽きたように声を洩らし、ガックリと覆いかぶさってきた。

彼はまだ息づく膣内でヒクヒクと過敏に幹を跳ね上げ、濃厚な吐息を嗅いでうっとりと余韻を味わった。

「ゆうべより、良くなっているわ。やはり魅惑のフェロモンが増している……」

荒い息遣いを繰り返し、実弥子が囁いた。

あるいは彼の毎日の昼食に、男の魅力を増大させる何かが混入しているのではないだろうか。

そういえば実弥子は、薬草のプロでもあるらしい。

まして忍者の家系なら、代々秘薬などの製法も伝承されているのではないだろうか。

やがて重なったまま呼吸を整えると、そろそろと実弥子が起きて股間を引き離し、ティッシュの処理を省いてベッドを降り、バスルームへ向かった。

亜紀彦も起きて一緒に入り、シャワーの湯でようやく全身と股間を洗い、二人分のヌメリと匂いを流した。

実弥子も股間を洗い、総入れ歯を外して口をすすぎ、歯ブラシで磨いた。

「ね、また勃っちゃった……」

彼は甘えるように言い、ムクムクと回復したペニスを突き出した。

「お口でしてほしいのね。さっきしなかったから」

何でもお見通しのように実弥子が言う。

「うん、その前に、オシッコ出るところ見たい」

亜紀彦が床に座って言うと、実弥子も心得たように身を起こし、彼の前に立って股間を突き出した。さらに片方の足を浮かせてバスタブのふちに乗せると、彼は開いた股間に顔を埋めた。

もう匂いは残っていないが、割れ目内部を舐めると新たな愛液が溢れて舌の動きが滑らかになった。

すると、すぐにも内部の柔肉が蠢き、味わいが変わってきたのだ。

「出るわ……」

息を詰めて短く言うなり、チョロチョロと熱い流れがほとばしってきた。

彼は舌に受けて味わい、喉に流し込んだ。それは照代のオシッコと同じぐらい淡く清らかで、抵抗なく飲み込めた。

「アア……、変な気持ち……」

実弥子が、ガクガクと膝を震わせて言う。さすがに、多くの体験をしているくノ一でも、飲ませるのは初めてなのかも知れない。

勢いが増すと口から溢れ、温かく肌を伝い流れたが、それでも間もなく流れが弱まり、治まってしまった。

亜紀彦は残り香の中で舌を這わせ、余りの雫をすすった。

「も、もういいわ……」

実弥子が言って足を下ろし、互いの全身にシャワーの湯を浴びせた。

亜紀彦が身を起こしてバスタブのふちに座ると、彼女は正面に座り、手早く外した総入れ歯を手のひらに吐き出すと、勃起した先端にチロチロと舌を這わせてくれた。

そして亀頭にしゃぶり付き、スッポリと喉の奥まで呑み込んで吸い付き、熱い息を股間に籠もらせながら舌をからめてきた。

「ああ、気持ちいい……」

亜紀彦は快感に喘ぎ、唾液にまみれた幹をヒクヒク震わせた。

次第に実弥子も小刻みに顔を前後させ、スポスポとリズミカルな摩擦を繰り返しはじめた。

しかも唇と歯茎による、滑らかな上下のダブル摩擦で、奥ではチロチロと舌が蠢いて先端を刺激し、強烈な吸引もしているのだ。

さらに実弥子は指先で彼の陰嚢を微妙なタッチでくすぐり、摩擦を激しくさせていった。

「い、いきそう……」

急激に高まりながら、亜紀彦は幹を震わせて喘いだ。

実弥子も溢れた唾液を顎から滴らせながら、夢中で愛撫してくれていた。

「気持ちいい、いく……！」

たちまち彼は二度目の絶頂に貫かれて口走り、ありったけの熱いザーメンをドクンドクンと勢いよくほとばしらせてしまった。

「ンン……」

喉の奥を直撃された実弥子が小さく呻いたが、もちろん噎《む》せるようなこともなく、摩擦と吸引、舌の蠢きを繰り返してくれた。

彼は快感に身悶えながら、心置きなく最後の一滴まで出し尽くし、深い満足に包まれながら力を抜いていった。

出しきったことを知ると、実弥子も徐々に愛撫を弱めてくれた。

そして亀頭を含んだまま、口に溜まったザーメンをコクンと一息に飲み干し、口腔をキュッと締め付けた。

「あう……」

亜紀彦は駄目押しの快感に呻き、飲んでもらった感激に包まれた。

ようやく実弥子も口を離し、拝むように両手で幹を挟んで揉み、尿道口から滲む余りの雫まで丁寧に舐め取ってくれた。

「も、もういいです、有難う……」

彼はクネクネと身悶え、過敏に幹を震わせながら降参した。

実弥子も口を離し、チラと彼の顔を見上げながら、ヌラリと淫らに舌なめずりした。

そして、亜紀彦もバスタブのふちから床に戻った。

もう一度二人ともシャワーの湯を浴び、彼女は口をすすいでから総入れ歯を装着した。

亜紀彦は彼女の顔を引き寄せ、開いた口に鼻を潜り込ませて嗅いだが、もう無臭に近いほどすっかり匂いは薄れ、淡い果実臭とハッカ臭が感じられるだけになっていた。

それでも彼は美女の吐息を嗅いで胸を満たし、うっとりと快感の余韻を味わったのだった。

もう入社以来、一度もオナニーをしていない。それだけ、社内で毎日何らかの快感を得て射精しているのである。

二人で立ち上がり、身体を拭いて部屋に戻ると身繕いをした。

「さあ、じゃまた部屋に戻って資料を読んでいなさい」

颯爽たるスーツ姿に戻った実弥子に言われ、亜紀彦も頭を下げてから自分の部屋へ戻っていったのだった。

第四章　処女の蜜は溢れて

1

「一人暮らしいいわ。私は大学も寮だったから」

昼過ぎ、亜紀彦のアパートに来た咲枝が、室内を見回して言った。

駅で待ち合わせて喫茶店でコーヒーを飲み、誘うとすぐに彼女は来てくれたのだった。

早くも亜紀彦の股間は、期待と興奮で痛いほど突っ張りはじめていた。

咲枝も、普段の青い制服ではなく清楚な私服で椅子に腰掛け、彼は万年床に座った。

もちろん出掛けに亜紀彦はシャワーと歯磨きを終えているので、いつでも準備万端であった。

「ね、本当に今まで誰とも付き合ったことないの？」

「ええ、一人もいないわ」

訊くと、咲枝が素直に答えた。

「じゃ、女子校ばかりだから、女の子同士で悪戯したことは？」

すでに実弥子からの情報は入っているが、彼が知らないふりをして訊いてみると、咲枝は正直に答えてくれた。

「少しだけ。キスして、胸を触り合っただけよ。下級生の可愛い子と。でも恥ずかしいので、服は脱がなかったけれど」

咲枝が、水蜜桃のように産毛の輝く頬を染めて言った。

「そう、キスの時ベロは入った？」

「ええ……、あんまり可愛かったから。奈美ちゃんみたいに」

「え？　社長の一人娘を知っているの？」

「前のCM撮りの時、一緒に行って衣装やメイクも私が見てあげたのよ。入社して、たった一人仲良くなったのが奈美ちゃん。滅多に会えないけど」

「そうだったのか……」

亜紀彦は、思わず咲枝と美少女の奈美のカラミを想像すると、勃起が増してしまった。

「でも男にも興味はあるだろう？」

「それはあるわ。でも、知っているのは宮地さんだけだから」

咲枝が、つぶらな眼差しを彼に向けて言った。毎日一緒に昼食をして、すっかり彼女も亜紀彦に好意を寄せているようだ。

「僕でもいい？　最初に受付でみたときから、なんて可愛い子だろうと思っていたんだ」

「可愛いなんて言わないで。同じ社会人なんだから」

咲枝が言い、その愛くるしい顔立ちにもう我慢できなくなってきた。それに男の一人暮らしの部屋に来たのだから、彼女もそれなりに覚悟と期待を抱いているに違いない。

「僕でもいい？」

亜紀彦は手を伸ばし、彼女の手を握って引き寄せた。

咲枝も、モジモジしながら移動して万年床に並んで座った。

もちろんドアはロックしてあるし、誰かに窓から見られるようなこともない。

ただ忍びの実弥子だけは、覗いているのではないかと心配し、彼は周囲にも神経を研ぎ澄ませていた。もっとも止められない限り、続行しても大丈夫ということなのだろう。

亜紀彦は顔を寄せ、咲枝の頬に手を当ててそっと唇を重ねていった。

咲枝は身を強ばらせながら長い睫毛を伏せ、唇が柔らかなグミ感覚の弾力を伝え、唾液の湿り気と、緊張と羞恥に震える熱い鼻息が彼の鼻腔を心地よく湿らせてきた。

生まれて初めて処女に触れ、何やら彼まで、これがファーストキスのような気分になってしまった。

そろそろと唇の間に舌を挿し入れ、滑らかな歯並びを左右にたどると、咲枝も怖《お》ず怖《お》ずと歯を開いて侵入を許してくれた。

舌が触れ合うとビクッと奥へ避難したが、執拗にからめていくと、次第に彼女も遊んでくれるようにチロチロと蠢かせてくれた。それは生温かな唾液に濡れ、滑らかで清らかな感触が伝わってきた。

やがて咲枝は、息苦しくなったようにそっと唇を離して俯いた。

「じゃ脱ごうか」

亜紀彦は言い、ブラウスのボタンを外しはじめると、途中から彼女も自分で脱いでくれた。

彼も手早く全裸になってしまい、手伝って咲枝のソックスを脱がせ、スカートの脇ホックも外してやった。

見る見る咲枝も無垢な肌を露わにしてゆき、甘ったるい匂いを揺らめかせた。

昨夜は社宅で入浴しただろうが、やはり出がけにシャワーを浴びるのも他の女子社員に決まりが悪く、そのまま出てきたのだろう。

やがてブラを外すと、彼は咲枝を横たえ、最後の一枚を引き脱がせてゆき、両足首からスッポリ抜き取ると彼女も一糸まとわぬ姿になった。

身を縮めている彼女の手を握って胸から引き離し、仰向けにさせると、

「ああ……」

咲枝がぼうっと上気した顔でか細く喘いだ。

膨らみは、やや上向き加減で形良く、さすがに乳首と乳輪は初々しい桜色をしていた。

顔を埋め込み、チュッと乳首に吸い付いて舌で転がすと、

「アアッ……！」

咲枝がビクッと顔を仰け反らせて熱く喘ぎ、生ぬるく甘ったるい匂いを揺らめかせた。亜紀彦は顔中で、まだ硬い弾力のある膨らみを味わい、チロチロと舌で舐め回すと彼女はクネクネと身悶えた。

まだ性感というより、くすぐったい感覚の方が大きいのだろう。

彼は左右の乳首を交互に含んで舐め回し、腕を差し上げて腋の下にも鼻を埋め込んで嗅いだ。そこは生ぬるく湿り、甘ったるい汗の匂いが可愛らしく籠もって鼻腔を刺激した。

そして滑らかな肌を舐め降り、愛らしい臍を探り、張りのある下腹に顔を押し付けて弾力を味わうと、例によって肝心な部分を後回しにし、彼は足を舐め降りていった。

咲枝はすっかりグッタリと放心し、ただ荒い息遣いを繰り返すばかりだ。もう自分が何をされているのか、激しい羞恥で分からなくなっているのだろう。

健康的な肉づきを持つ、スベスベの脚を舐め降りて足裏にも舌を這わせ、縮こまった指の間に鼻を割り込ませて嗅ぐと、そこはやはり生ぬるい汗と脂に湿り、ムレムレになった匂いが悩ましく沁み付いていた。

亜紀彦は匂いを貪ってから爪先にしゃぶり付き、順々に指の股にヌルッと舌を挿し入れて味わった。

「あう、ダメ……」

咲枝がビクリと反応して呻き、くすぐったそうにクネクネと腰をよじらせた。

彼は両足とも全ての指の間をしゃぶり尽くし、やがて股を開いて脚の内側を舐め上げていった。

ムッチリした白い内腿を舐め、思い切り嚙みつきたい衝動に駆られながら、彼は股間に迫った。

見ると、ぷっくりした丘には楚々とした恥毛が煙り、割れ目からはみ出した花びらはしっとりと蜜に潤っていた。

そっと指を当て、無垢な割れ目を左右に広げると、

「ああ、恥ずかしい……」

咲枝が懸命に脚を閉じようとしても彼が腹這いになっているから思うようにいかず、息を震わせながら両手で顔を覆った。

中も清らかなピンクの柔肉で、無垢な膣口が襞を息づかせ、ポツンとした尿道口もはっきり見えた。

そして包皮の下からは、小粒のクリトリスが顔を覗かせている。

清らかな眺めに堪らず、彼は顔を埋め込んでいった。

柔らかな若草に鼻を擦りつけて嗅ぐと、生ぬるく蒸れた汗とオシッコの匂いに加え、処女特有の恥垢《ちこう》なのか、ほのかなチーズ臭も感じられた。

鼻腔を刺激されながら舌を挿し入れると、やはりヌメリは淡い酸味を含み、彼は膣口の襞をクチュクチュ搔き回し、味わいながらゆっくりクリトリスまで舐め上げていった。

「アアッ……！」

咲枝が身を弓なりに反らせて喘ぎ、内腿できつく彼の両頰を挟み付けた。

もがく腰を両手で抱え込んで押さえ、チロチロとクリトリスを刺激するたび、ヌメリの量が格段に増してきた。

やはり咲枝も処女とはいえ、二十二歳ともなれば自分でクリトリスをいじっての絶頂ぐらい知っているだろう。

亜紀彦は味と匂いを堪能してから、彼女の両脚を浮かせて尻の谷間に迫った。

やはりそこには薄桃色の可憐な蕾がひっそり閉じられ、彼はしばし見惚れてから鼻を埋め込んで嗅いだ。

蒸れた匂いが籠もり、彼は貪りながら顔中に密着する双丘を味わい、舌を這わせてヌルッと浅く潜り込ませ、滑らかな粘膜を探った。

「あう、ダメ……！」

咲枝が呻き、他の女性の例に洩れずキュッと肛門で舌先を締め付けた。

彼は充分に舌を蠢かせてから脚を下ろしてやり、再び清らかな蜜の溢れた割れ目に戻って舐め回し、クリトリスに吸い付いていった。

そして濡れた膣口に指を挿し入れると、滑らかに奥まで吸い込まれていった。

中は熱いほどの温もりとヌメリに満ち、さすがにきつく指が締め付けられた。

彼はクリトリスを舐めながら、指の腹で内壁を擦ってやった。

2

「アア……、もうダメ、変になりそう……」

咲枝が嫌々をして、懸命に亜紀彦の顔を股間から追い出そうとしてきた。あるいは絶頂が迫っているのかも知れない。

彼も舌と指を引き離し、股間を這い出して身を起こしていった。

咲枝は、数々の刺激ですっかり朦朧《もうろう》となっているので、おしゃぶりさせるのも酷と思い、まずは一回、処女への挿入を体験しようと思った。

股間を進め、張り詰めた亀頭を割れ目に擦り付けて潤いを与え、無垢な膣口に押し当てていった。

咲枝も覚悟しているのか、身を投げ出して神妙にしている。

やはり割れ目を舐められる羞恥に比べれば、早く憧れの初体験をしてみたいのかも知れない。

亜紀彦も初めての処女を味わいたくて、ゆっくり突き進んでいった。

張り詰めた亀頭がズブリと潜り込むと、処女膜が丸く押し広がる感触が伝わってきた。

さすがにきついが、潤いは充分なので、そのまま一気にヌルヌルッと根元まで押し込んでしまった。ネットで、処女は一気に挿入する方が痛みも一瞬で済むと読んだことがあったのだ。

「あう……！」

咲枝が眉をひそめて呻き、全身を強ばらせた。

彼はきつい感触と温もりを感じながら、身を重ねていった。

「大丈夫……？」

気遣って囁くと、咲枝は破瓜《はか》の痛みに奥歯を噛み締めながらも健気に小さく頷いた。

じっとしていても、異物を確認するような収縮が繰り返され、無垢な膣内で彼はジワジワと高まっていった。

顔を寄せると、僅かに開いた唇から綺麗な歯並びが覗き、間から熱く湿り気ある息が洩れていた。鼻を寄せて嗅ぐと、それは桃の実のように甘酸っぱく可愛らしい匂いがして、心地よく鼻腔を刺激した。

昼に何を食べたかも分からないが、可憐な子は何を食べてもこのように艶めかしい果実臭がするものなのかも知れない。

匂いに刺激され、徐々に腰を動かしはじめると、潤いに助けられるように、すぐ動きが滑らかになってきた。

「アア……」

喘ぎとともに、さらに熱い息が洩れ、鼻腔がくすぐられた。桃の匂いの息に、唇で乾いた唾液の香りも混じって彼の胸に沁み込んできた。

いったん動くと気遣いも吹き飛び、次第に彼は腰が止まらなくなった。

他の誰より締め付けが強く、しかも処女を相手にしているという感覚が彼の絶頂を早めた。

どちらにしろ、長引かせたところで彼女も初回から快感は得られないだろうから、ここは我慢しなくても良いだろう。

「い、いく……！」

たちまち絶頂の快感に突き上げられ、亜紀彦は呻きながら熱い大量のザーメンをドクンドクンと勢いよく注入した。

「あう……」

勢いが激しくなったので咲枝も呻いたが、無意識に、これで嵐も通り過ぎると思ったか、下から両手でしがみつきながらじっと耐えていた。

亜紀彦は快感を噛み締め、心置きなく最後の一滴まで出し尽くし、徐々に動きを弱めながら処女を攻略した満足感に浸った。

やがて身を重ねて力を抜くと、完全に動きを止めて膣内の収縮にヒクヒクと幹を震わせ、甘酸っぱい吐息を間近に嗅ぎながらうっとりと快感の余韻に浸り込んでいった。

あまり乗っているのも悪いので、彼は呼吸も整わないうち身を起こした。

そろそろと股間を引き離すと、小振りの陰唇が痛々しくめくれ、膣口から逆流するザーメンに少量の鮮血が混じっていた。それを見て、本当に処女としたのだという実感が湧いた。

そして亜紀彦はティッシュで手早くペニスを拭ってから、そっと割れ目を拭いてやった。

「痛かった……？」

「ううん、みんなすることだから……」

訊くと、咲枝が小さく答えた。まだ残る痛みや異物感より、二十二歳でようやく初体験をしたという安堵感の方が大きいようだ。

「起きられる？　シャワー浴びよう」

言うと彼女が頷いたので、支えながら起こしてバスルームへ移動した。

椅子に座らせ、シャワーを出して湯温を確認してから肌に浴びせてやった。

彼も股間を洗い流すと、咲枝もようやくほっとしたように生気を取り戻していった。

後悔している様子は見受けられないので、亜紀彦も安心した。

すると彼自身は、またすぐにもムクムクと回復してきたのである。

「ね、こうして」

亜紀彦は床に腰を下ろして言い、目の前に咲枝を立たせた。

股間に顔を埋めると、もう大部分の匂いは薄れてしまい、それでもクリトリスに舌を這わせると、彼女がビクッと反応した。

「オシッコ出してみて」

「そ、そんなこと、無理よ……」

完全に勃起しながら言うと、咲枝が息を震わせて文字通り尻込みした。

「少しでいいから」

彼も執拗にせがみ、腰を抱えながら舌を這わせたが、いくら待っても尿意は高まらないようだ。やはり立ったままなのがいけないのかも知れない。

仕方なく洗い場に仰向けになり、狭いので両足を立てて咲枝を和式トイレスタイルで顔に跨がらせた。

「これなら出せるでしょう」

亜紀彦は言い、再び割れ目に吸い付いた。

咲枝の様子なら勢いよく放尿しそうもないので、仰向けでも噎せずに味わうことが出来るだろう。

「アア、本当にしないとダメ……？」

「うん、お願い」

真下から答えると、刺激されるうち徐々に尿意が高まってきたようなので、この体勢にさせたのは正解だったようだ。

舌を挿し入れると柔肉の蠢きが伝わり、彼女の下腹がヒクヒクと波打った。

「あう、出るわ、離れて……」

たちまち咲枝が声を上ずらせて言うなり、チョロッと熱い流れがほとばしってきた。動けないよう下から腰を抱えていると、いったん放たれた流れは止めようもなく、チョロチョロと彼の口に注がれた。

亜紀彦は喉に詰めないように受け止め、少しずつ飲み込んでみたが、実に味も匂いも清らかで淡く、何の抵抗も感じられなかった。

「ああ……」

咲枝は放尿しながら声を震わせ、やや勢いを増してきた。

口から溢れた分が頬を伝い流れ、左右の耳の穴まで濡らした。

それでもあまり溜まっていなかったようで、間もなく流れは治まり、彼はポタポタ滴る雫をすすり、残り香の中で割れ目を舐め回した。

すると、新たな蜜が舌の動きを滑らかにさせ、淡い酸味のヌメリが割れ目内部に満ちていった。

「も、もうダメ……」

咲枝が言ってビクリと股間を引き離すと、バスタブのふちに摑まりながら懸命に身を起こしていった。

ようやく彼も起き上がり、もう一度互いにシャワーを浴びて身体を拭いた。

バスルームを出ると、また全裸のまま布団に戻り、彼は仰向けになって勃起したペニスを突き出した。

「これを可愛がって」

手を引いて触れさせると、咲枝も今度は好奇心を全開にさせ、大股開きになった彼の股間に腹這いになってきた。

幹を撫で、張り詰めた亀頭に触れ、陰嚢を探って睾丸を確認すると、さらに袋を持ち上げて肛門の方まで覗き込んだ。

「これが入ったのね……」

咲枝が、次第に慣れてきたように幹をニギニギしながら言った。

「支給された器具よりも、太くて長いわ」

「え？　バイブか何か支給されたの」

亜紀彦が驚いて訊くと、咲枝は小さくこっくりした。

「ええ、処女でも使える細いものをもらったけど、何だか恐くて一度も入れていないの……」

彼女が答え、さらに生身のペニスをいじり回してくれた。

やはりＷＯでは、各社員にもそうした器具を預けて感想レポートなどを求めていたようだった。

3

「ね、お口でしてみて、ここから」

亜紀彦は興奮を高めて言い、まず自ら両脚を浮かせて抱え、咲枝の顔の前に尻を突き出した。

すると彼女も厭《いと》わず舌を這わせ、チロチロと肛門を探ってくれた。さらに自分がされたように、ヌルッと潜り込ませてくれたのだ。

「あう、気持ちいい……」

亜紀彦は妖しい快感に呻き、処女を失ったばかりの可憐な美女の舌先をモグモグと肛門で締め付けた。

内部でも舌が蠢き、あまり長いと申し訳ない気持ちになり、やがて彼が脚を下ろすと、咲枝も自然に舌を引き離し、鼻先にある陰嚢を舐め回してくれた。

可憐な舌が二つの睾丸を転がし、股間に熱い息が籠もった。

さらに彼女は前進し、自分から肉棒の裏側をゆっくり舐め上げ、滑らかな舌先が先端にまで来た。

そして幹を指で支えると、粘液の滲む尿道口をチロチロと探り、張り詰めた亀頭にもしゃぶり付いてくれた。

股間を見ると、可憐な顔立ちの受付嬢がソフトクリームでも食べるように無邪気に舐め回している。

そして亀頭を含むと吸い付き、ぎこちない舌の蠢きが続き、たまに当たる歯も新鮮な刺激を与えてくれた。

「深く入れて……」

幹を震わせながら言うと、咲枝もスッポリと喉の奥まで呑み込み、幹を締め付けて吸い、クチュクチュと舌をからめてくれた。

亜紀彦は、このまま彼女の口で果てようと思った。やはり初体験を終えたばかりだから、立て続けに挿入しない方が良いだろう。

小刻みに股間をズンズンと突き上げると、

「ンンッ……」

喉の奥を突かれた咲枝が小さく呻き、唾液を分泌させながら生温かく肉棒を浸した。そして彼女も合わせて顔を上下させ、濡れた口でスポスポと摩擦してくれたのだ。

「い、いく……！」

たちまち彼は二度目の絶頂を迎えてしまい、快感に口走りながらありったけのザーメンをドクンドクンと勢いよくほとばしらせてしまった。

「ク……」

喉の奥を直撃された咲枝が呻いたが、噎せることはなく摩擦と舌の蠢きを続けてくれた。

彼は射精快感以上に、可憐な子の口を汚している感激と興奮がいつまでも去らなかった。やがて最後の一滴まで出し尽くすと、彼はグッタリと身を投げ出し、咲枝も摩擦運動を止めた。

「いいよ、ティッシュに吐き出しても……」

　息を弾ませながら言ったが、咲枝は構わず亀頭を含んだままコクンと飲み干してくれた。亜紀彦はキュッと締まる口腔に刺激され、駄目押しの快感に幹を震わせた。

「あう、嬉しい……」

　彼は感激に呻き、ヒクヒクと過敏に幹を跳ね上げた。

　ようやく咲枝もチュパッと口を離し、幹をニギニギしながら尿道口から滲む雫を不思議そうに見つめていたが、それもヌラリと舐め取ってくれた。

「も、もういいよ、有難う……」

　彼は言い、手を引いて添い寝させると、彼は甘えるように腕枕してもらい、胸に抱かれながら荒い呼吸を整えた。

「不味《まず》くなかった？」

「ええ、少し生臭いけど嫌じゃないわ」

　訊くと咲枝が答え、彼の息遣いが治まるまで抱いてくれていた。

　やはり吐息に生臭い成分は残っておらず、さっきと同じ彼女の口からは桃の実の匂いがして、亜紀彦はうっとりと余韻を噛み締めたのだった……。

4

「ママに住所を聞いて、来てしまったわ」

亜紀彦が冷凍物の夕食を済ませ、歯磨きをして寝ようかと思っていたら、何といきなりアパートに奈美が訪ねて来たのである。

「うわ、どうしたの……」

彼は驚き、とにかく社長令嬢の美少女を招き入れた。

あれから咲枝とは、処女を奪って口内発射だけで終わり、少しお喋りしてから明るいうちに彼女は帰ったのである。

亜紀彦も、ずっとオナニーしていなかったし明日は日曜だから、入社以来のことなどを思い出し、今夜は久々に抜こうかと思っていたのだ。

それにしても、アイドルに等しい奈美の来訪は意外だった。

処女だった咲枝より、さらに若くて愛らしい十九歳である。

「実は、咲枝さんが初体験したってラインがあったので、追及したら宮地さんだって言うので。もちろん私もそう思っていたけど」

奈美が言う。確かに、咲枝の交友関係で可能性がある男は亜紀彦ぐらいのものだろう。

「それで、興味を持って来ちゃったの。まだどんな人かよく知らないので」

それだけ、咲枝と奈美は仲が良く、実際に会わないまでも年中ラインで出来事を打ち明け合っているようだった。

確かに、亜紀彦は奈美とスタジオで挨拶し、実弥子らとお茶しただけである。

それにしても、咲枝も実に正直に初体験のことを奈美に打ち明けてしまったものだ。

「奈美ちゃんは、彼氏はいないの？」

「いないわ。私も咲枝さんと同じ処女だけど、器具はいろいろ試しちゃったから出血はなく快感も大きいと思うわ」

この美少女は、咲枝以上に進んでいて、あっけらかんと際どい話題を口にしていた。

「じゃ、バイブに処女を捧げちゃったのか……」

亜紀彦も言いながら、ムクムクと激しく勃起してきた。何しろ咲枝とは違うタイプの処女だし、いま正に抜こうとして気分も高まっていたところだ。

それにしても、咲枝は抱いて良いと実弥子に言われているが、社長令嬢のことまでは許されていないだろう。

いや、やはり実弥子は監視しているだろうから、止められない限り大丈夫なのかも知れない。

「ね、咲枝さんと同じ相手で初体験してみたいわ。私では嫌？」

愛くるしい顔で言われ、もう亜紀彦も後戻りできないほど高まった。

「い、嫌なわけないじゃないか。それより、僕としても、そのことを咲枝さんに報告しちゃう？」

「ええ、するわ。ダメ？」

「ダ、ダメじゃないよ、咲枝さんさえ傷ついたりしないのなら……」

「優しいのね。でも大丈夫。咲枝さんも、見かけよりはずっと大胆で進んでいる人だから」

奈美が言い、それがどういう大胆さか分からないが、とにかく亜紀彦もその気になってしまった。

それにしても、一日に二人の処女を相手にするなど、そんな幸運が現実に起こるものなのだろうか。

「遅くなっても大丈夫なの？　社長も今夜はマンションでしょう」

「ええ、夕食済ませて、急にお友達に呼ばれたことにして出て来たから、今夜はそこへ泊まることにしてあるの」

「じゃ、朝までここに……」

亜紀彦は痛いほど股間を突っ張らせながら、初めて女性と一夜を過ごす緊張と興奮に胸を弾ませた。しかも相手は十代の処女、しかも社長令嬢、さらにはＣＭタレントの短大生である。

「じゃ、脱ごうか」

彼が言うと、奈美もすぐにブラウスのボタンを外しはじめた。

甘ったるい匂いが漂い、どうやらシャワーも浴びず、夕食を済ませてすぐ出て来たらしい。

亜紀彦も手早くシャツとトランクスを脱ぎ、全裸になって布団に横たわった。

奈美もためらいなく脱いでゆき、処女の柔肌を露わにしていった。そして最後の一枚を脱ぎ去ると、すぐにも彼の股間に顔を寄せてきたのである。

「わあ、こうなってるのね。本当に女とは違う、エイリアンみたい」

彼女は、亜紀彦の開いた股間に腹這い、熱い視線を注いで言った。

やはり照代の説に心酔しているようだ。

そして受け身一辺倒だった咲枝よりも好奇心を前面に出し、積極的に指を伸ばしてきた。

幹を撫でて亀頭をつまみ、陰嚢も無邪気にいじってきた。

物怖じしないのは、似たような器具を使用してきたからなのだろう。

「温かいわ。血が通って動いている……」

奈美は熱い眼差しと吐息を注いで言い、とうとう身を乗り出して裏筋に舌を這わせてきたのだ。

「ああ……」

亜紀彦は快感に喘ぎ、幹を震わせた。何しろ、まだ完全無垢な美少女に舐めてもらっているのだ。

奈美は粘液が滲みはじめた尿道口をチロチロと舐め回し、張り詰めた亀頭をくわえ、頬に笑窪を浮かべて吸ってくれた。内部でもクチュクチュと舌がからみつき、たちまち先端は美少女の清らかな唾液にまみれた。

熱い鼻息が恥毛をくすぐり、たまにピクンと幹が震えるたび「気持ちいい？」とでも言うようにチラと目を上げた。

「アア、いきそうだから、もう……」

急激に高まった彼が言うと、奈美もすぐにチュパッと口を離してくれた。

「じゃ、ここを跨いで座って」

亜紀彦が下腹を指して言うと、

「座るの？　重いわ」

奈美は言いながら身を起こして跨がり、ためらいなく彼の下腹に座り込んでくれた。無垢な割れ目がピッタリとした腹に密着し、ほのかに温かな湿り気も伝わってきた。

見ると、乳房は形良く、やがて照代のように豊かになる兆しが窺えるような気がした。

「脚を伸ばして、僕の顔に乗せて」

「いいの？　こう？」

言うと奈美は答え、両脚を伸ばして足裏を彼の顔に乗せてくれた。

どうやら咲枝よりずっと天然で、求めれば何でもしてくれそうだった。

「アア、変な気持ち……」

全体重を彼の身体に預け、奈美は息を弾ませて言った。

亜紀彦は両膝を立てて彼女を寄りかからせ、人間椅子になったように美少女の重みを感じて陶然となった。

足裏に舌を這わせ、くすぐったそうに縮こまった指の間に鼻を割り込ませて嗅ぐと、汗と脂に湿りムレムレの匂いが鼻腔を刺激してきた。

充分に蒸れた匂いを嗅いでから爪先にしゃぶり付き、順々に指の股に舌を挿し入れていくと、

「あう……」

奈美が呻き、クネクネと腰を動かすたび、割れ目が下腹に擦り付けられ、潤いが増してきたようだった。

彼は両足とも全て味と匂いを貪り尽くすと、奈美の手を握って引っ張った。

「顔に跨がって」

「恥ずかしいな……」

言うと彼女は、モジモジしながらも前進して亜紀彦の顔の左右に足を置き、鼻先に割れ目を迫らせてしゃがみ込んでくれた。

白く滑らかな内腿がムッチリと張り詰め、ぷっくりと丸みを帯びた割れ目が丸見えになった。

丘に煙る恥毛も、咲枝と同じぐらい淡いが、割れ目からはみ出した花びらは、咲枝以上にヌラヌラと蜜に潤っていた。

指で陰唇を広げると、無垢な膣口が息づき、やはり咲枝のように小粒のクリトリスが光沢を放ってツンと突き立っていた。

腰を抱き寄せて若草に鼻を埋めて嗅ぐと、生ぬるく甘ったるい汗の匂いに、蒸れた残尿臭とチーズ臭が混じって鼻腔を掻き回してきた。

「いい匂い」

「あん、嘘よ、シャワーも浴びていないのに……」

受け身になると、急に羞恥が湧いたように奈美が声を震わせ、それでも股間を引き離すようなことはなかった。

鼻腔を満たしながら舌を這わせると、膣口の襞が滑らかになり、柔肉をたどってクリトリスまで舐め上げていった。

「アアッ……、感じちゃう……」

奈美が熱く喘ぎ、思わずギュッと座り込みそうになるたび彼の顔の左右で懸命に両足を踏ん張った。亜紀彦も執拗にチロチロと舌先でクリトリスを弾き、新たに溢れるヌメリをすすった。

さらに尻の真下に潜り込み顔中にひんやりした双丘を受け止めながら、谷間の可憐な蕾に鼻を埋めて、蒸れた匂いを貪った。

そして舌を這わせて充分に襞を濡らし、ヌルッと潜り込ませて滑らかな粘膜を探ると、

「あう……」

奈美が呻き、キュッと肛門で舌先を締め付けた。

しかし咲枝ほど嫌がらないのは、器具によるアヌスオナニーもしているのかも知れない。

亜紀彦は粘膜の舌触りと締め付けを味わってから、再び割れ目に戻った。

「も、もうダメ、入れてみたいわ……」

奈美が言い、しゃがみ込んでいられなくなったようにゴロリと横になってしまった。

彼は身を起こし、美少女を仰向けにさせて股を開かせ、股間を進めていった。

幹に指を添えて先端を擦り付け、ヌメリを与えながら膣口にあてがった。

奈美も、目を閉じて息を弾ませ、すっかり初体験の瞬間を待つように身を投げ出している。

やがてグイッと進めると、処女膜の押し広がる感触は、咲枝ほどきつくなかった。やはり器具による挿入を体験しているからなのだろう。

彼自身は、肉襞の摩擦を受けながらヌルヌルッと滑らかに根元まで吸い込まれていった。

「アアッ……、いい気持ち……」

奈美も痛がらずに深々と受け入れ、熱く喘いでキュッキュッと感触を味わうように上下に締め付けてきた。亜紀彦も熱いほどの温もりと潤いを味わいながら、股間を密着させて身を重ねていった。

まだ動かずに処女喪失の感触を噛み締め、屈み込んで桜色の乳首にチュッと吸い付いた。

舌で転がして顔中で柔らかな膨らみを味わい、もう片方も含んで念入りに舐め回した。充分に両の乳首を味わうと、もちろん腋の下にも鼻を埋め、甘ったるい汗の匂いを貪った。

そして首筋を舐め上げ、上からピッタリと唇を重ねていくと、

「ンンッ……！」

奈美も熱く鼻を鳴らして舌をからめ、下から両手でしがみついてきた。

チロチロと蠢く舌と生温かな唾液を味わいながら、亜紀彦は徐々に腰を突き動かしはじめた。

「ああ……、いきそうよ、もっと強く……」

すると奈美が口を離してせがみ、ズンズンと股間を突き上げてきた。

やはり今まで器具による挿入快感を知っているので、通常の処女とはわけが違うようだ。

溢れる愛液が律動を滑らかにさせ、亜紀彦も遠慮なく腰を突き動かし、美処女の喘ぐ口に鼻を押し込んで熱い息を嗅いだ。

それは心地よい湿り気を含み、やはり果実のように甘酸っぱい芳香が鼻腔を悩ましく刺激してきた。

もちろん微妙に、咲枝の桃の香りとは異なり、奈美はまるでイチゴかリンゴでも食べた直後のような匂いだった。

美少女の吐き出す果実臭の息でうっとりと鼻腔を満たし、いつしか彼が股間をぶつけるように動き続けると、膣内の収縮と潤いも増し、彼女もクネクネと身悶えはじめていった。

「い、いく……！」

たちまち亜紀彦は絶頂に達して呻き、ありったけの熱いザーメンをドクンドクンと内部にほとばしらせてしまった。

「あう、熱いわ、いく……、アアーッ……！」

噴出を感じた途端、奈美も声を上げながらガクガクと狂おしいオルガスムスの痙攣を開始した。やはり器具は射精しないので、奥深い部分を直撃されたのが絶頂のスイッチとなったのだろう。

亜紀彦は収縮と摩擦の中で快感を噛み締め、心置きなく最後の一滴まで出し尽くしていった。

満足しながら徐々に動きを弱めていくと、

「アア……、こんなに良いなんて……」

奈美も満足げに口走り、徐々に肌の強ばりを解いてグッタリと身を投げ出していった。

息づく膣内でヒクヒクと幹が過敏に震えると、

「あん、感じる……」

奈美も敏感になっているように声を洩らし、ザーメンを飲み込むような収縮を繰り返していた。

亜紀彦はもたれかかり、美少女の喘ぐ口に鼻を押し付けて悩ましい吐息を嗅ぎながら、うっとりと快感の余韻を味わったのだった。

5

(そうだ、一日に二人もの処女としたんだ……)

翌朝、亜紀彦は目を覚まして思い、隣で軽やかな寝息を立てている奈美の寝顔を見た。

もうすっかり外は明るくなっている。

もちろん彼は、女性と一夜を過ごすのは初めてで、最初は緊張と喜びで眠れないかと思ったが、さすがに心地よい疲労の中、ぐっすり眠った爽快感が全身を満たしていた。

そして朝立ちの勢いも手伝い、美少女の寝顔を見るうちピンピンに勃起してしまった。

昨夜は二人で軽くシャワーを浴びてから、全裸のままタオルケットだけ掛け、肌をくっつけて眠ったのである。

寝息を洩らす唇は僅かに開いて歯並びが覗き、鼻を押し付けて嗅ぐと、乾いた唾液の匂いに混じり、昨夜より濃厚になった果実臭の息が悩ましく鼻腔を掻き回した。

このままこっそり嗅ぎながら自分で抜いてしまおうか。それとも起こして朝一番でセックスしようか。

そんなことを考えながら甘酸っぱい吐息を貪っていると、

「あ……」

奈美がぱっちりと目を開いてしまった。

「もう八時半だわ、ずいぶん眠っちゃった……」

奈美は枕元にあるスマホの時刻を見て言ったが、彼は美少女の寝起きの濃厚な吐息を嗅いでしがみついた。

「ダメ、もう起きるの」

奈美が言って、とうとう身を起こしてしまった。

仕方なく、亜紀彦も起きてシャツとトランクスを着けた。相手の意思を無視して無理矢理ということだけは性に合わない。

彼は冷凍パスタとわかめスープで、二人分の朝食を準備した。

「今度、うちのママに言って社のレトルト食品を送ってもらうわ。その方が健康に良いから」

顔を洗った奈美が、身繕いをしながら言う。

確かに彼も、そうしてくれると食費が浮いて有難いのだが、それにも洗脳の成分が入っているかも知れないから、三食とも毎日自社の製品というのは少々ためらいがあった。

それでも奈美は、ちゃんと残さず食べてくれた。

今日は日曜だから、亜紀彦もノンビリ過ごすつもりだが、食事を終えてもまだ勃起が治まらないので、少しでも長く奈美に居てもらいたかった。

「ゆうべ僕の身体を見てエイリアンみたいと言ったけど、社長からの壮大な話は聞いているの？」

「ええ、昔の地球は女ばかりだったって聞かされているけど、でも何の証拠もないし」

奈美が、淹れてやったティーバッグの茶を飲みながら答えた。

「うん、でも本気で女だけの星に戻そうとしているみたいだけど」

亜紀彦は、いつ淫らな方向へと話題を変えようか探りながら言った。

「今のところ売り上げは伸びているし、その趣旨はごく僅かな幹部社員しか知らないので、しばらくは現状のままだわ。私も来年短大を出たら社員になるつもりだし」

「そう……」

奈美は、あまり深刻には考えていないようで、単なる空想話として捉えているのかも知れない。

それでも社の開発した女性用オナニーマシンは、重宝して使っているようで、照代もそれを承知しているようだ。

「それで、今日はどうする？」

亜紀彦が興奮を抑えながら恐る恐る切り出すと、奈美はスマホを点けてラインを確認した。

「今日は予定が決まっているわ」

「そ、それなら少しの時間でもいいから、ちょっとだけ。もし急ぎなら脱がなくてもいいから、匂いだけ嗅いで勝手に抜くので……」

浅ましいとは思うが、どうせ抜くなら一人ではなく、美少女の胸に抱かれ、唾液や吐息をもらいながら果てたかった。

「そんな勿体ないことはしないわ。予定というのは」

奈美が言いかけたとき、軽くドアがノックされた。

(誰だ、こんな大事なときに!)

彼は思いながら、どうせセールスか何かだろうから、居留守を決め込もうかどうか迷った。

「出て」

すると奈美が言うので、彼も仕方なく立って玄関に行った。

「どなた?」

「あ、紺野です」

咲枝の声がし、亜紀彦はドキリとした。どう見ても奈美が一泊した感じだし、昨日初体験を終えたのに、すぐ別の女性と一夜過ごしたなど、咲枝が傷つくのではないだろうか。

「開けてあげて」

奈美が言うので、亜紀彦もなるようになれとロックを外し、ドアを開けてやった。すると咲枝が入って来て、彼と奈美に笑顔を向けて上がり込んだ。

「おはよう。ラインばかりで、会うのは久しぶりね」

「ええ、お互い大人の女性になって会ったことになるわ」

二人は話し、咲枝も布団に座ってきた。

どうやら奈美は、朝から咲枝とラインを取り合っていたようだ。

そして咲枝も、社宅で朝食を終え、すぐに出てここへ来たのだろう。

もちろん二人とも、亜紀彦を相手に昨日初体験を終えたことも承知し合っているのだ。

「どうだった？　私は少し痛かったけど」

「私はすごく気持ち良くて、すぐにいってしまったわ」

奈美が咲枝に答え、亜紀彦はさらに勃起が増してきてしまった。それほど二人は、包み隠さず何もかも話し合ってきたようだ。

ただし奈美は、社の目的だけは咲枝に言っていないらしい。それだけは幹部社員だけの極秘事項なのだろう。

「そう、やっぱり器具を使っているから目覚めも早いのね。そう聞くと、私も早く気持ち良くなってみたいわ」

咲枝がほんのり頰を染めて言う。

彼女も、亜紀彦と一対一でいるときの淑《しと》やかな感じとは違い、女同士だと際どい話題も大胆に出来るようだった。

「それで、今日の予定というのは、三人で楽しみたいの。だから咲枝さんを呼んだのよ」

奈美が、亜紀彦に言う。

(うわ……)

どうやら、処女を失ったばかりの二人を、今日は同時に味わえるらしい。

それで奈美は、3Pの楽しみがあるから、起きがけに亜紀彦の求めを拒んだのだろう。

咲枝も承知で来ているらしく、動揺の素振りは一切無い。

それを知ると亜紀彦も、無理に朝一番で射精しなくて良かったと思い、さらに激しく勃起してしまった。

それにしても大変な週末になったものだ。昨日二人の処女を頂き、今日はその二人と3Pが出来るのである。

「じゃ脱ぎましょう。シャワーはいいわね」

奈美が言い、自分から脱ぎはじめた。

余程楽しみらしく気が急《せ》くようで、最年少なのに奈美が段取りを付けているような感じである。

すると亜紀彦が脱ぎはじめる前に、咲枝も脱いでいった。

十九歳と二十二歳の、それぞれの肌が見る見る露わになってゆき、混じり合った体臭が生ぬるく室内に立ち籠めはじめた。

奈美は昨夜寝しなに軽くシャワーを浴びただけ、咲枝も入浴は昨夜だろう。

彼も期待しながら手早くシャツとトランクスを脱ぎ、先に全裸になって布団に横たわり、一糸まとわぬ姿になってゆく二人を眺めた。

たちまち二人とも全て脱ぎ去り、仰向けの亜紀彦に左右から身を寄せてきた。

「ね、私たちの好きにさせてね」

奈美が言い、咲枝も承知しているように、興奮に目をキラキラさせていた。

彼はピンピンに勃起しながら、何やら二人の熱い視線と混じり合った匂いだけで、すぐにも果ててしまいそうなほど高まってしまった。

まず二人は左右から屈み込み、亜紀彦の乳首にチュッと同時に吸い付いて舌を這わせてきた。

「あう……」

彼はダブルの刺激に呻き、ヒクヒクと幹を震わせながら粘液を滲ませた。

二人も熱い息で肌をくすぐりながら、チロチロと念入りに乳首を舐めてくれ、時に軽く歯も立てられた。

「く……、もっと強く噛んで……」

亜紀彦が甘美な刺激に悶えながら言うと、二人もやや力を込め、綺麗な歯並びで両の乳首を噛んでくれたのだった。

第五章　二人がかりの戯れ

1

「ああ、気持ちいい……」

二人に乳首を愛撫され、亜紀彦は息を弾ませて悶えた。すると咲枝も奈美も、徐々に肌を舐め降り、時に軽く歯を立てて移動していった。

そして日頃彼がしているように、股間を後回しにして二人は腰から脚を舐め降りていったのだった。

可憐な舌が非対称に這い回り、とうとう足首まで行くと、二人は同時に足裏を舐め回してきた。

そのまま申し合わせたように、二人は厭わず亜紀彦の両の爪先にしゃぶり付き指の股に舌を割り込ませてきたのである。

「あう、いいよ、そんなこと……」

申し訳ない快感に呻いたが、内心ではもっとしゃぶってもらいたかった。

二人も全ての指の股に舌を挿し入れ、生温かな唾液にまみれさせてくれた。

亜紀彦も二人の舌をそれぞれの足指で摘《つま》み、禁断の快感を味わうように興奮を高めていった。

ようやくしゃぶり尽くすと、二人は彼を大股開きにさせ、脚の内側を同時に舐め上げてきた。

まるで自分たちの処女を奪った相手を、隅々まで味わうようである。

内腿にもキュッと綺麗な歯並びが食い込むと、

「あう、もっと……」

亜紀彦は甘美な刺激にクネクネと腰をよじって呻いた。

やがて二人は頬を寄せ合い、熱い息を股間に混じらせながら、とうとう中心部に迫ってきた。

すると二人は、彼の両脚を浮かせ、尻の丸みに舌を這わせてきた。

双丘にも歯が立てられ、そのたびに亜紀彦はビクリと反応した。

先に歳の順か、咲枝が彼の尻の谷間を舐め、ヌルッと肛門に舌を潜り込ませてきた。

「く……」

彼は快感に呻き、内部で蠢く舌先を肛門で締め付けた。

咲枝がすぐに舌を離すと、すかさず奈美も同じように舌を這わせ、侵入させてきたのだ。

「あう……」

立て続けだと、それぞれの感触の微妙な違いが分かり、彼は何とも贅沢な快感に呻き、モグモグと美少女の舌を肛門で味わった。

奈美も内部で舌を蠢かせてから引き離し、脚が下ろされると、二人は頬を寄せ合って同時に陰嚢にしゃぶり付いてきた。

二つの睾丸が二人の舌に転がされ、時にチュッと吸い付かれるたび、急所なので思わず彼はビクリと腰を浮かせた。

熱く混じり合った息が股間に籠もり、彼女たちは同性の舌が触れ合っても全く気にしないようだった。

もともと咲枝はレズっ気があるし、奈美はそれ以上に多くの快感を知っている好奇心いっぱいの娘だ。

陰嚢全体がミックス唾液に生温かくまみれると、二人は舌を引っ込めて前に進み、とうとう屹立した肉棒の裏側と側面をゆっくり舐め上げてきた。

二人分の滑らかな舌が先端まで来ると、粘液の滲む尿道口が交互にチロチロと舐められ、張り詰めた亀頭にも舌が這い回った。

まるで可憐な姉妹が一本のキャンディでもしゃぶっているようだ。

一緒に舐めていたが、次第に二人は交互にスッポリ呑み込み、吸い付きながらチュパッと離しては交代するようになった。

「ああ、気持ちいい……」

亜紀彦は激しい快感に朦朧となり、もうどちらの口に含まれているかも分からないほど高まってしまった。

「い、いきそう……」

彼が身悶えて口走ると、二人が顔を上げて奈美が言った。

「二人のお口に出す？」

「いや、勿体ないので入れてほしい。その前に僕も舐めたい……」

「いいわ、どうしてほしい？」

「じゃ足の裏から」

亜紀彦が答えると、二人はすぐに立ち上がり、仰向けのままになっている彼の顔の左右に進んだ。そして体を支え合いながら、そろそろと片方の足を浮かせ、同時に乗せてきたのだ。

「ああ……」

彼は生温かく湿った二人分の足裏を顔に受け、うっとりと喘いだ。

それぞれに舌を這わせ、指の間に鼻を埋めると、蒸れた匂いが悩ましく沁み付いて鼻腔が刺激された。

奈美は、昨夜シャワーを浴びて以来動いていないから匂いは薄いが、咲枝は興奮と緊張で歩いてきたらしくムレムレの匂いが濃く籠もっていた。

亜紀彦は二人分の匂いを貪ってから、それぞれの爪先をしゃぶって指の股を舐め回した。

「あう、くすぐったい……」

二人は真上でしがみつき合いながら呻き、ガクガクと脚を震わせた。

足を交代させ、彼はそちらも味と匂いを堪能し尽くした。

「じゃ顔にしゃがんで」

口を離して真下から言うと、今度は先に奈美が跨がり、しゃがみ込んできた。

鼻先に割れ目が迫ると熱気が漂い、すでに彼女の割れ目は大量の蜜にヌラヌラと潤っていた。

恥毛に鼻を埋めても、やはり蒸れた汗の匂いは淡いものだが、舌を這わせるたびに新たな愛液が溢れてきた。

「アア、いい気持ち……」

クリトリスを舐められて奈美が喘ぎ、彼は充分にヌメリをすすってから尻の真下に潜り込み、双丘の弾力を顔中に受けながら蕾を舐め回した。

そしてヌルッと潜り込ませ、美少女の前も後ろも味わうと、奈美は自分から股間を浮かせ、ペニスに移動していった。

やはり生身の挿入に目覚め、早く快感を味わいたいようだ。奈美は亀頭をしゃぶって唾液に濡らすと、すぐにも跨がって上から挿入してきた。

「ああ……、いいわ……」

ヌルヌルッと根元まで受け入れて座り込み、奈美は締め付けながら顔を仰け反らせて熱く喘いだ。

亜紀彦も快感を紛らすように、咲枝の手を引いて顔に跨がらせた。

咲枝の割れ目も、奈美に負けないほど大量の愛液にまみれている。

恥毛に鼻を埋めて嗅ぐと、奈美よりも濃く蒸れた汗とオシッコの匂いが悩ましく鼻腔を掻き回してきた。

舌を這わせてヌメリを掬い取り、クリトリスに吸い付くと、

「アアッ……！」

咲枝が喘ぎ、思わずギュッと彼の顔に股間を押しつけてきた。

すると女上位で股間を密着させている奈美が、前にしゃがんでいる咲枝の背に摑まりながら、腰を上下させてきたのだ。

亜紀彦は懸命に暴発を堪《こら》えながら、咲枝の尻の真下にも鼻を埋め込み、蒸れた匂いを嗅ぎながら舌を這わせた。

「い、いっちゃう……」

奈美が動きを早め、収縮を強めながら喘いだ。

彼も次が控えているから必死に奥歯を嚙み締め、摩擦快感に耐えた。

たちまち奈美がガクガクと全身を痙攣させ、粗相したように愛液を漏らしながらオルガスムスに達してしまったようだ。

「き、気持ちいいわ……、ああーッ……！」

奈美が声を上ずらせ、収縮を最高潮にさせた。

何とか亜紀彦が、咲枝の前と後ろを舐めながら我慢していると、次第に奈美は肌の強ばりを解いてグッタリとなっていった。

年下の美少女の方が簡単に果ててしまうとは、さすがに照代の娘と言うべきかも知れない。

そして奈美が股間を引き離し、ゴロリと横になってくると、咲枝も股間を浮かせて彼の上を移動していった。奈美の愛液にまみれた先端に割れ目を押し当て、自分からゆっくり腰を沈めて受け入れた。

「アア……」

ヌルヌルッと滑らかに根元まで納めると、咲枝は喘ぎながら股間を密着させ、すぐにも身を重ねてきた。

亜紀彦は、これも微妙に温もりや感触の異なる膣内を味わい、潜り込むようにして咲枝の乳首に吸い付いた。

さらに、隣で荒い息遣いを繰り返している奈美も抱き寄せ、それぞれの乳首を順々に含んで舐め回していった。

しかし、まだ二回目の咲枝は痛みこそ和らいでいるだろうが、神経が股間に集中して乳首の反応はなかった。

そして二人の腋の下にも鼻を埋め込み、生ぬるく甘ったるい汗の匂いで胸を満たした。

奈美と違い、咲枝は重なったままじっとしているので、亜紀彦が両膝を立ててズンズンと股間を突き上げ、肉襞の摩擦と温もりを味わった。

2

「あう……、奥が、擦れて熱いわ……」

咲枝が呻いて言う。年下の奈美の激しいオルガスムスを目の当たりにしたばかりなので、多少なりとも影響されて感じはじめたのかも知れない。

亜紀彦も高まりながら二人の乳首と腋を堪能し、さらに咲枝の顔を引き寄せて唇を重ねると、何と奈美も割り込んできて、三人で鼻を突き合わせて舌をからめることになった。

これも実に贅沢な快感である。

それぞれの蠢く舌を舐め回し、生温かく混じり合った唾液をすすると、ミックスされたシロップはこの世で最も清らかな液体に思えた。

「もっと唾を出して……」

充分に二人の舌を舐めてから囁くと、二人も懸命に唾液を溜め、口を寄せて順々にトロトロと吐き出してくれた。

彼はうっとりと喉を潤して酔いしれ、突き上げを強めていった。

咲枝の口からは濃厚な桃の香りがし、奈美の甘酸っぱい吐息に混じり悩ましく鼻腔が掻き回された。何種類もの果実を混ぜたような湿り気ある芳香に、たちまち絶頂が迫ってきた。

「顔に唾をペッて吐きかけて、強く」

快感に乗じてせがむと、物怖じしない奈美が唇をすぼめ、ペッと強く吐きかけてくれた。すると咲枝も控えめながら吐きかけてくれ、生温かな唾液の固まりが鼻筋と頬を流れた。

「舐めてヌルヌルにして……」

彼が顔中に果実臭の吐息を受けながら言うと、二人も舌を這わせてくれた。舐めるというより、吐き出した唾液を舌で塗り付ける感じである。

「ああ……、いきそう……」

亜紀彦は顔中をヌルヌルにされ、二人分の唾液と吐息の匂いに噎せ返りながら喘ぎ、とうとう昇り詰めてしまった。

「いく……、アアッ……！」

全身を貫く大きな快感に喘ぎながら、彼は熱い大量のザーメンをドクンドクンと勢いよく咲枝の奥に注入した。

「あう……」

噴出を感じた咲枝が呻き、キュッと締め上げてきたが、まだ奈美のようなオルガスムスには到っていないようだ。

亜紀彦は股間を突き上げながら溶けてしまいそうな快感を噛み締め、心置きなく最後の一滴まで出し尽くしていった。

すっかり満足しながら突き上げを弱め、咲枝の内部でヒクヒクと過敏に幹を震わせた。

咲枝もグッタリともたれかかり、熱い呼吸を繰り返している。

彼は力を抜き、二人分の甘酸っぱい吐息を嗅ぎながら、うっとりと快感の余韻に浸り込んでいった。

「いきそうだった？」

奈美が、咲枝に訊いた。

「よく分からないわ。奥が熱くて、何か感じそうな気がしたけど……」

「そう、次にするときまで器具を使って鍛えるといいわ」

咲枝が答えると、奈美が言った。

やがて呼吸を整えると、そろそろと咲枝が股間を引き離して起き上がったので
そのまま彼も三人でバスルームに移動した。

狭い洗い場で身を寄せ合い、シャワーの湯で身体を流した。

もちろん相手が二人もいるのだから、亜紀彦はすぐにもムクムクと回復してい
った。

洗い場の床に座り、二人を左右に立たせると、

「オシッコかけて」

言うと二人も嫌がらず、彼の肩に跨がり、左右から股間を顔に寄せてくれた。

亜紀彦も両側から迫る割れ目を交互に舐め、すっかり勃起しながら待つうち、
先に奈美がチョロチョロと熱い流れをほとばしらせてきた。

それを舌に受けると、少し遅れて咲枝もゆるゆると放尿をはじめた。

「アア……、変な気持ち……」

咲枝が息を震わせて言い、亜紀彦は左右の割れ目を交互に舐めて流れを味わった。どちらも味と匂いは淡いが、二人分だから鼻腔が悩ましく刺激され、大部分は温かく肌に注がれた。

やがて二人が流れを治めると、彼は残り香を感じながらそれぞれの割れ目を舐め回し、余りの雫をすすった。

「あん……」

二人も敏感になっているように声を洩らし、ビクッと腰を引いた。

そして気が済むと、もう一度三人でシャワーを浴び、身体を拭いて布団に戻っていった。

「すごい勃ってるわ……」

「ね、今度は二人で一緒に飲んでしまいましょう」

亜紀彦が仰向けになると、二人がヒソヒソと話し合った。どうやら二人とも、もう挿入は充分なようだ。

「じゃ、先にまたキスしたい……」

彼は言い、再び三人でネットリと舌をからめた。

亜紀彦は、二人分の混じり合った果実臭の吐息に酔いしれた。

そして充分に二人分の唾液と吐息を堪能すると、やがて彼は二人に全てを委ねて身を投げ出した。

すぐに二人も移動してペニスに顔を寄せ、同時にしゃぶり付いてきた。

さっきのようにチロチロと念入りに舌を這わせ、交互に含んでスポスポと摩擦しては交替し、股間に籠もる熱い息を感じながら、たちまち亜紀彦は高まっていった。

生温かく混じり合った唾液にまみれたペニスが最大限に膨張し、ヒクヒクと幹が震えた。二人の温もりや舌の蠢きも微妙に違い、そのどちらにも彼は激しく反応した。

「い、いく……、気持ちいい……」

亜紀彦は身を反らせて口走り、同時にありったけの熱いザーメンが勢いよくほとばしった。

「ンン……」

ちょうど含んでいた咲枝が小さく呻いて口を離すと、すかさず奈美がパクッと亀頭をくわえて余りを吸い出してくれた。

「アア……」

亜紀彦はクネクネと腰をよじらせ、快感に喘ぎながら最後の一滴まで出し尽くしていった。

そして満足しながらグッタリと四肢を投げ出すと、奈美も亀頭を含んだまま口に溜まったザーメンをコクンと飲み込み、ようやく口を離した。

そして幹をしごきながら、二人で余りの雫の滲む尿道口をチロチロと舐め回してくれた。

もちろん咲枝も口に飛び込んだ、第一撃の分は飲み干してくれていた。

「も、もういい、有難う……」

亜紀彦は過敏に幹を震わせながら、強烈な刺激に降参した。

二人も舌を引っ込め、左右から挟むように彼に添い寝してきた。

彼は荒い呼吸と動悸を繰り返し、二人の温もりを感じ、かぐわしい吐息を嗅ぎながら、うっとりと快感の余韻を味わったのだった。

二人を相手になど、今度はいつ出来ることだろう。

亜紀彦は入社以来の、幸運続きの日々を振り返りながら、力を抜いて荒い息遣いを整えたのだった。

3

「今日から仕事に復帰した大月《おおつき》です。宮地さんね？」

月曜の朝、亜紀彦が出勤すると、初めて見る三十前後の女性が言って名刺を渡してきた。

見ると課長で、大月比呂美《ひろみ》と書かれている。

どうやら、幹部級の社員は彼女で最後らしい。

「来て。今日は梅津部長が出張でいないから」

比呂美が言い、亜紀彦も部屋を出て開発部のオフィスへ行った。

昨日は、あれから昼前に咲枝と奈美は帰っていった。

快楽を味わい尽くすと、あとは女同士で行きたいところもあったのだろう。

だから彼は一人で昼食を済ませ、午後はさすがに疲れたので昼寝をして過ごしていたのだった。

もちろん夜も、オナニーは控えて月曜に備えていたのである。

開発部には誰もおらず、比呂美は彼を奥の部屋に誘った。

そこは、亜紀彦が麻里子と戯れた部屋である。

大部分の社員は研究棟に行っているらしい。それでも比呂美は、ドアを内側からロックして密室にした。

彼女は割りに肉感的で、そばにいるだけで甘ったるい匂いが感じられた。

色白で頬にソバカスがあり、セミロングの髪をした美形である。どうやら、しばらく休職していたのが復帰したのだろう。

「私はもと保健体育の教師で、かつて奈美ちゃんも生徒だったけど、社長に気に入られて転職したの」

「そうですか」

「今までは子持ちの主婦だったけど、ようやく離婚してフリーになったから、今日から復職したのよ」

比呂美が言う。話を訊くと、赤ん坊は夫に取られたらしい。というより、跡取りだから舅と姑が赤ん坊を渡さなかったようだ。

「でも構わないわ。男の子だし、あんまり愛着も湧かなかったから。あとは粉ミルクで育てるらしいわ」

彼女が言い、急に目をキラキラさせて顔を寄せてきた。

「社長や実弥子さんに聞いたわ。ろくに経験もないのに、すごく上手なんですって？」

「い、いえ……」

甘い吐息を感じ、彼は股間を熱くさせながら答えた。ミルクの発酵したような匂いに、ほのかなシナモン臭も混じって感じられる。

「試させて。私じゃ嫌？」

「い、嫌じゃないです……」

言われて、彼も勃起しながら答えていた。

すると比呂美は、すぐにもソファの背もたれを倒してベッドにすると、ブラウスのボタンを外しはじめたのだ。

「さあ、あなたも脱いで」

「ええ……」

亜紀彦は激しく勃起しながら答え、自分も脱ぎはじめた。

昨日の3Pも夢のように楽しく心地よかったが、やはり本来秘め事は、こうして一対一で密室で行うべきだろうと思った。しかも昨日若い二人を相手にしたから、今日年上の女性とするのは良いバランスである。

彼が手早く全裸になると、比呂美も全て脱ぎ去ってベッドに来た。

「いいわ、何でも好きにしてみて」

比呂美は身を投げ出し、興奮と期待に豊かな胸を息づかせて言う。

離婚調停で長く休んだようだから、セックスも久しぶりなのだろう。

亜紀彦が乳房に迫ると、やや濃く色づいた乳首にポツンと白濁の雫が浮かんでいた。

（ぼ、母乳……）

どうやら最初から感じていた甘ったるい匂いは、体臭ではなく母乳の成分だったようだ。

亜紀彦は乳首にむしゃぶりつき、唇に挟んで吸った。

雫を舐め、もう片方の乳首をいじりながら様々に吸い付いてみると、ようやく生ぬるく薄甘い母乳が分泌され、心地よく舌を濡らしてきた。

いったん要領が分かると、あとはどんどん出て来てうっとりと喉を潤した。

「ああ、飲んでるの。嫌じゃないのね……」

比呂美は熱く喘ぎながら、優しく彼の髪を撫でてくれた。

亜紀彦が吸い続けていると、心なしか膨らみの張りが和らいできたようだ。

もう片方にも吸い付き、滲んでくる母乳を飲んでいると、腋からも濃厚に甘ったるい匂いが漂ってきた。

両の乳首を交互に吸い、次第に母乳が出てこなくなると、彼は腋の下に鼻を埋め込んでいった。

すると、何とそこには色っぽい腋毛が煙っていたのである。

亜紀彦は嬉々として鼻を擦りつけ、何やら恥毛に似た感触を味わいながら、甘ったるい濃厚な汗の匂いに噎せ返った。

そして彼は充分に胸を満たして酔いしれながら、白く滑らかな肌を舐め降りていった。

やや突き出た臍を舐め、腰の丸みから脚を舐め降りていくと、脛《すね》にもまばらな体毛があり、野趣溢れる魅力が感じられた。

こんな綺麗で色っぽい先生がいたら、男子生徒は毎晩のように比呂美の面影で手ほどきされたいと思いつつオナニーしてしまったことだろう。もっとも奈美の母校は女子校だったが。

足首まで行くと足裏を舐め、生ぬるく湿った指の股に鼻を割り込ませ、ムレムレになった濃厚な匂いを貪った。

両足とも嗅いでから爪先をしゃぶり、全ての指の股に舌を挿し入れ、汗と脂を味わった。

「あう……、そんなところ舐められるの初めてよ……」

バツイチの比呂美が呻いて言う。してみると、世の男たちは誰も彼も隅々まで味わわないつまらない連中ばかりのようだ。

あるいは、女体の全てを味わうからこそ、亜紀彦は地天女に選ばれたのかも知れない。

やがて彼は比呂美を大股開きにさせ、滑らかな脚の内側を舐め上げ、ムッチリと量感ある白い内腿をたどって股間に迫った。

見ると股間の丘には黒々と艶のある恥毛が濃く茂り、下の方は愛液の雫を宿していた。

割れ目からはみ出す陰唇を左右に広げると、出産したばかりの膣口が大量の愛液にまみれて襞を震わせ、小指の先ほどのクリトリスも光沢を放ってツンと突き立っていた。

愛液は、母乳のように白っぽく濁った本気汁だ。

彼は堪らずに顔を埋め込み、茂みに鼻を擦りつけて嗅いだ。

隅々には生ぬるく濃厚に蒸れた汗とオシッコの匂い、それに愛液の生臭い成分も混じって悩ましく鼻腔を刺激してきた。

彼は濃い女臭で胸を満たしながら舌を這わせ、淡い酸味のヌメリをすすり、息づく膣口からクリトリスまで舐め上げていった。

「アア、いい気持ち……」

比呂美が熱く喘ぎ、弾力ある内腿でキュッときつく彼の両耳を挟み付けた。

舌先で弾くようにクリトリスを舐めては、溢れてくるヌメリをすすり、さらに彼は両脚を浮かせて白く豊かな尻に迫った。

見ると谷間の蕾は、出産で息んだ名残かレモンの先のように突き出て、実に艶めかしい形をしていた。

双丘に顔中を密着させ、蕾に鼻を埋めて蒸れた匂いを貪り、舌を這わせてヌルッと潜り込ませた。

「あう……」

比呂美が呻き、きつく肛門で舌先を締め付けてきた。

中で舌を蠢かせ、滑らかな粘膜を探ると淡く甘苦い味覚があり、鼻先にある割れ目からは新たに白っぽい愛液が溢れてきた。

脚を下ろして再び割れ目を舐めると、比呂美が脱いだ服に手を伸ばし、何かを取り出して彼に渡した。

「これをお尻に入れて……」

見ると、ピンク色をした楕円形のローターである。これも自社製品なのかも知れない。

すると比呂美が自ら再び両脚を浮かせて抱え、手で谷間を広げてくれた。

その艶めかしくも大胆なポーズだけで、彼は激しく興奮を高め、もう一度肛門を舐めて濡らした。

そしてローターをあてがい、親指の腹で押し込んでいくと、それはズブズブと奥まで潜り込んで見えなくなり、あとはコードが伸びているだけになった。

電池ボックスのスイッチを入れると、中からブーン……と低い振動音が聞こえてきて、

「アア……、いい気持ち。前に入れて、あなたのものを……」

比呂美が切羽詰まったように声を上げ、亜紀彦も興味を覚えて身を起こした。

幹に指を添えて先端を割れ目に擦り付け、充分に潤いを与えてから膣口に押し込んでいった。

出産したばかりとはいえ、肛門にローターが入っているぶん締め付けがきつく感じられた。

ヌルヌルッと根元まで深々と挿入すると、ローターの振動が間の肉を通し、ペニスの裏側にも妖しく伝わってきた。

これは初めての感覚であった。

「アアッ……、いいわ、突いて……！」

比呂美が身をくねらせてせがみ、彼が身を重ねる前に何度かズンズンと腰を突き動かすと、

「い、いっちゃう……、ああーッ……！」

たちまち彼女が声を上げ、ガクガクと狂おしい痙攣を開始したのだ。

どうやら久々のため、挿入しただけで間もなくオルガスムスに達してしまったらしい。

膣内の収縮が活発になり、潮を噴くように大量の愛液が溢れ、動きに合わせてクチュクチュと鳴った。

そして、ひとしきり身悶えていたが、やがて彼女がグッタリとなってしまったので、亜紀彦は果てそびれたまま動きを止めていった。

「も、もういいわ、少しの間離れて……」

荒い息遣いを繰り返しながら比呂美が言い、彼もそろそろと勃起したままのペニスを引き抜いた。そしてローターのスイッチを切り、切れないようコードを握ってローターを引っ張り出した。

「く……」

彼女が呻き、丸く開いた肛門からツルッとローターが抜け落ちた。

特にローターに汚れはなく、一瞬丸く開いて粘膜を覗かせた肛門も、徐々に閉じられて元の蕾に戻っていった。

4

「ああ、久々だから、あっという間にいってしまったわ……」

比呂美が、徐々に息を吹き返して言う。

亜紀彦はローターをティッシュに包んでテーブルに置き、彼女の息づく肌に添い寝していった。

「もう一回して。今度はゆっくり。あなたはいっていないようだから」

比呂美が、愛液にまみれて勃起したままのペニスを見て言う。

「お尻にローター入れてみる？」

「い、いえ、いいです……」

言われて、彼は尻込みした。前に麻里子にアヌス検査されたときの、重ったるい痛みを思い出したのだ。

「そう、気持ちいいのに」

比呂美は答え、そのまま彼の開いた股間に移動していった。

腹這いになって顔を寄せ、彼女は先に陰嚢をチロチロと舐めてから、ペニスの裏側を舐め上げてきた。

咲枝や奈美などの処女を除けば、舌遣いだけは、かつて出会った男たちの好みや教えが反映されているようだ。

比呂美の元夫は、陰嚢を舐めてから幹をしゃぶられるのが好きだったらしい。

彼女は丁寧に先端まで舌を這わせ、尿道口の少し裏側を舌先で左右にチロチロと舐め、それから先端をしゃぶり、亀頭をくわえてスッポリと喉の奥まで呑み込んでいった。

ペニス全体が、まだ彼女自身の愛液に濡れていることも構わないようだ。

「ああ、気持ちいい……」

彼は快感に喘ぎ、生温かく濡れた美女の口の中でヒクヒクと幹を震わせた。

比呂美も先端が喉の奥につかえるほど深々と含み、上気した頰をすぼめて吸い付き、熱い鼻息で恥毛をそよがせながら、口の中ではクチュクチュと念入りに舌をからめてくれた。

さらに顔全体を小刻みに上下させ、濡れた口でスポスポとリズミカルで強烈な摩擦を繰り返してから、彼も充分に高まった頃合いを見計らって、スポンと口を引き離した。

「いい？　入れるわ」

「こ、今度は上になって下さい……」

言うと比呂美もすぐに身を起こして前進し、彼の股間に跨がってきた。

先端に割れ目を擦り付け、位置を定めるとゆっくり腰を沈めて膣口に受け入れていった。

たちまち彼自身は、ヌルヌルッと根元まで呑み込まれ、互いの股間がピッタリと密着した。

「アア……、いいわ、奥まで響く……」

比呂美が完全に座り込み、顔を仰け反らせて喘いだ。

やはり肛門に入ったローターの刺激がない分、純粋にペニスだけの感触を味わうようにキュッキュッと締め上げてきた。

亜紀彦も、ローターの振動がないので心ゆくまで膣内の感触と温もりを味わうことが出来た。

揺れる乳房を見上げると、また分泌が始まったように乳首にポツンと雫が浮かんでいた。

「ミルクを顔にかけて……」

彼が言うと、比呂美も屈み込んで胸を突き出し、自ら乳首を指で摘み、搾り出してくれた。白濁の雫がポタポタと滴るので彼は舌に受け、さらに乳腺から霧状に飛ぶ分が顔中に降りかかった。

たちまち甘ったるい匂いに満たされ、彼は味わって喉を潤した。

「美味しい？　こっちも」

比呂美が言い、もう片方の乳首も絞って彼の口や顔に注いでくれた。

やがて充分に味わうと、彼女も乳首から指を離して身を重ねてきたので、亜紀彦も両膝を立てて尻を支え、下から両手でしがみついた。

すると比呂美が徐々に腰を遣い、収縮を強めていった。

やはりさっきは、あっという間に昇り詰めてしまったので、今度は動きも緩やかにさせ、じっくり味わうつもりらしい。

そして上からピッタリと唇を重ねてきたので、彼も美女の熱い鼻息で鼻腔を湿らせながら舌を挿し入れていった。

「ンン……」

比呂美が熱く呻き、チロチロと執拗に舌をからめ、腰の動きを速めていった。

亜紀彦も合わせてズンズンと股間を突き上げ、何とも滑らかな肉襞の摩擦に高まった。

「唾を出して……」

口を触れ合わせたまま囁くと、比呂美は口移しに、トロトロと生温かく小泡の多い唾液を大量に注いでくれた。ぽっちゃり型の彼女は喘いで口腔が乾くこともなく、常にジューシーなようだ。

彼はうっとりと味わい、喉を潤して酔いしれた。

溢れた愛液が陰嚢の脇から肛門にまで伝い流れ、互いの動きに合わせてピチャクチャと淫らな摩擦音が聞こえてきた。

「アア……、またいきそうよ……」

比呂美が口を離し、唾液の糸を引きながら熱く喘いだ。

口から吐き出される息は熱く、ミルクの発酵臭とシナモン臭を混じらせながら悩ましく彼の鼻腔を刺激してきた。

美女の吐息を胸いっぱいに嗅ぐと、いよいよ亜紀彦も我慢できず、限界が迫ってきた。

「い、いきそう……」

「いいわ、いっぱい出して。今度は私があなたのミルクを飲んであげるわ、下の口から」

許可を得るように囁くと、彼女も熱い息で答えながら動きと収縮を激しくさせていった。たちまち亜紀彦は大きな絶頂の快感に全身を包み込まれ、激しく股間を突き上げた。

「いく……、アアッ……！」

声を洩らし、ドクンドクンと熱いザーメンを中にほとばしらせると、

「あう、感じる、気持ちいいわ……、アアーッ……！」

噴出を感じた比呂美が早口に言い、狂おしい痙攣を開始した。

どうやら、二度目のオルガスムスに達してしまったらしい。

彼自身は、美女の膣内で揉みくちゃにされながら、心置きなく最後の一滴まで絞り尽くしていった。

比呂美がいつまでも貪欲に収縮して股間を擦り続けているので、彼は出しきっても硬度のあるうちは突き上げ続けた。

やがて力尽き、ペニスが満足げに萎えはじめると、亜紀彦は動きを止めてグッタリと身を投げ出した。

「ああ、良かったわ……、これなら、誰でも必ず満足するでしょう……」

比呂美も肌の強ばりを解いて声を洩らし、遠慮なくのしかかって彼に体重を預けてきた。

互いに完全に動きを止めても、まだ膣内はキュッキュッと締まり、まるで歯のない口に含まれて吸われているようだった。

その収縮に刺激され、彼はヒクヒクと過敏に幹を跳ね上げると、比呂美はさらに締め付けを強めて味わった。

そして亜紀彦は美女の悩ましい匂いを含む吐息で鼻腔を満たしながら、うっとりと快感の余韻に浸り込んでいったのだった。

5

「昨日は、あれから奈美ちゃんとどこへ？」

昼に社員食堂で、亜紀彦は咲枝に訊いた。もう周囲の女子社員たちも、片付けをしながら引き上げはじめている。

「一緒に服を買いにいって喫茶しただけ。夜は社宅で炊事当番だったから」

咲枝は答え、まだ昨日の余韻が残っているかのように頬を染め、熱い眼差しをしていた。

「ね、私と奈美ちゃんとどっちが好き？」

いきなり言われ、亜紀彦は食後の茶を飲みながら顔を上げた。

「それは、君が一番だよ。入社して最初に受付で会ったときから、ずっと好きなんだから」

「本当？」

「ああ、奈美ちゃんはまだ幼いじゃないか。もっとも快感は君より知っているけど。ゆうべ器具は使ってみた？」

「まだよ。何となく恐くて……」

訊くと咲枝はモジモジと答えた。そんなものを使うより、また早く亜紀彦に会いたい素振りである。

「そう、また週末に会おうね」

「ええ、今度は二人だけで……」

咲枝は頷き、やがて二人もトレーを片付けて、それぞれの部署へ別れた。

三階の部屋に戻ると、すぐに実弥子が段ボール箱を抱えて入ってきた。

「これ、帰りに荷台に括り付けて持って帰って。社長からよ」

実弥子が言い、箱を開けてみるとレトルトのライス、カレー、シチューにパスタ、健康食品の数々が入っている。

「助かります。社長にお礼を」

「今日は出かけたわ。先日のCMの試写で、夕方に戻るけど」

「そうですか。じゃお戻りになったら言います」

亜紀彦は答え、今の食材がなくなったら、しばらくは三食とも当社の製品になりそうだ。

「神尾さんは、休日はどう過ごしているんですか」

まだ実弥子が出ていかないので、亜紀彦は訊いてみた。

「気ままに外に出ているわ。昨日も、からんできた三人のチンピラの睾丸を潰してしまったわ」

「うわ……、痛いだろうな……」

思わず身震いしながら言うと、

「踏みつぶすとき、すごく気持ちいいの。それに、無駄な人口を作らせないための役に立っているのだから」

実弥子が、興奮を甦らせたように目をキラキラさせた。

「それより、3Pはすごかったわね。私も思わず自分でしてしまったわ」

彼女が言う。やはりこのくノ一は、亜紀彦のアパートに忍び込み、どこからか見ていたのだろう。

あの性の饗宴を見られていたことで、とうとう彼は勃起してしまった。

結局実弥子は休日などなく、亜紀彦や咲枝の動静を監視しているようだった。

「そ、それなら参加してくれても良かったのに」

「そうはいかないわ。それから今朝の、課長との母乳プレイも良かったわね」

実弥子が熱い眼差しで言う。

「た、勃ってきちゃった……」

やがて彼は、股間を押さえて甘えるように言った。

「出したい？　私は脱げないけど、少しだけならいいわ」

実弥子が答え、ドアをロックしてから近づき、

「ズボンを下ろして座って」

言うので彼も下着ごとズボンを足首まで下ろし、下半身を丸出しにして自分の椅子に腰掛けた。

彼女は正面に立って、亜紀彦に唇を重ねて舌をからめながら、勃起したペニスを指で弄んでくれた。

彼もチロチロと蠢く美女の舌を舐め回し、注がれる生温かな唾液でうっとりと喉を潤した。

「本当、すごく勃ってるわ……」

唇を離し、ペニスを探りながら実弥子が近々と顔を寄せて囁いた。

湿り気を含んだ熱い吐息は、淡いハッカ臭しかしなかった。

「ああ、昼食後のケアしちゃったんだ……」

「当然でしょう。それより今日は忙しいから、お口でもいい？」

実弥子は言うと、返事も待たず彼の前に屈み込んでカーペットに膝を突いた。そして熱い息を彼の股間に籠もらせながら顔を寄せ、張り詰めた亀頭にしゃぶり付いてきた。

もちろん彼女は手早く総入れ歯を外して手の中に握り、歯のない口でおしゃぶりをしているのだ。

唇で幹を締め付けて吸い、滑らかな歯茎がカリ首をクチュクチュと摩擦し、舌もネットリとからみついた。

「ああ、気持ちいい……」

亜紀彦は股を開いて脚を伸ばし、生温かな唾液にまみれたペニスをヒクつかせて喘いだ。

さらに実弥子が顔をリズミカルに前後させ、艶めかしく濡れた唇と歯茎によるダブル摩擦をスポスポと繰り返しはじめた。あまりの快感に、彼は急激に絶頂を迫らせていった。

溢れた唾液が陰嚢まで生ぬるく濡らし、高まりの鼓動と摩擦運動が一致するとたちまち亜紀彦は大きな絶頂の快感に全身を包み込まれ、あっという間に昇り詰めてしまったのだった。

「あう、いく……！」

口走りながら、ドクンドクンと熱い大量のザーメンがほとばしり、実弥子の喉の奥を勢いよく直撃した。

「ンン……」

彼女も熱く鼻を鳴らし、強烈な愛撫を続行しながら噴出を受け止めてくれた。

「アア……」

亜紀彦は快感に喘ぎ、脈打つように最後の一滴まで心置きなく出し尽くしていった。そして椅子にもたれかかって力を抜き、グッタリと身を投げ出すと彼女も愛撫のリズムを止めた。

亀頭を含んだまま口に溜まったザーメンをゴクリと飲み干し、口を離して幹をしごき、尿道口に脹らむ余りの雫まで丁寧に舐め取ってくれた。

「あうう、も、もういいです……」

亜紀彦は舌の蠢きで過敏に反応し、幹を震わせて降参した。

ようやく実弥子も舌を引っ込め、手にあった義歯を素早く装着し、元の綺麗な歯並びに戻った。

「じゃ私は仕事に戻るわね」

彼女は言い、颯爽と身を翻して部屋を出て行ってしまった。

亜紀彦は荒い呼吸を整え、しばし下半身丸出しで余韻に浸っていたが、やがて身を起こして下着とズボンを整えた。

そして再び椅子に掛け、落ち着くまでじっとしていた。

入社以来、毎日何人もの女性を相手にして、まだろくに仕事もしていないのである。

それでも、すでに大部分の資料ファイルには目を通したので、そろそろ何か言いつけられることだろう。

幹部社員以外は、いつも研究棟や工場の方に入り浸り、一部の正社員を除けばみなパートである。

亜紀彦は、今までにもらった名刺を机に並べてみた。

ぼんやり名前を見ていると、それぞれの女体の匂いや感触が甦り、また股間が熱くなってきてしまった。

そして彼は、女性たちの名前に何やら共通したものを感じた。

(何だか、古事記に出てくる女神たちみたいだな……)

彼は思い、一つ一つ確認していった。

天野照代は、光り輝く最高の女神アマテラス。

その娘の奈美は、イザナミか。

梅津麻里子は、豊満で色っぽいアメノウズメ。

神尾実弥子は、颯爽たる男装で怪力のオキナガタラシ姫（神功皇后《じんぐう》）。

大月比呂美は、身体中から美味なるものを出すオオゲツ姫。

そして紺野咲枝は、可憐なコノハナサクヤ姫というところか。

どれも偶然による符合なのだろうが、

（自分はいったい何になるのだろうか……）

考えてみたが、自分はどの神にも当てはまりそうにない。

それに地下には地天女という仏教系の名を冠したスーパーコンピュータがあるのだから、神話には関係ないのだろう。

そして亜紀彦は、あるいは美女たちに快楽のためだけに飼われている下僕《しもべ》に過ぎないのかも知れなかった。

やがて名刺をしまい、資料の残りを読み進めながら時間を潰した。

すると退社時の間際になって、部屋に照代が入って来た。

「これ、新しいＣＭのＤＶＤよ。いっぱいもらったので一枚あげるわ」

「はい、分かりました。それから食材、有難うございました」

照代が言うので、彼はDVDを受け取り、段ボール箱を見て礼を言った。

「ええ、またなくなったら言ってね」

彼女が笑みを含んで答える。

恐らく奈美から、亜紀彦の食材が貧弱だから送ってやれとでも言われたのだろうが、奈美が彼のアパートに来た以上何かあったと察しているのか、特に照代は何も言わなかった。

「じゃ、そろそろ社の内容は分かっただろうから、明日からいろいろ仕事を頼むわね」

「分かりました。お願いします」

彼が言うと、やはり忙しいらしく照代はすぐに出ていってしまった。

亜紀彦は、もらったDVDを食材の段ボール箱にしまった。このDVDに映っている奈美が、処女だった最後の映像になるのだろう。

やがて退社時間となり、彼は段ボールを抱えて部屋を出た。

そして駐車場に行って原付の荷台に注意深く括り付け、彼はアパートに帰ったのだった。

（明日から、本格的な仕事か……）

ようやく、セックスやザーメン採集以外の仕事に取りかかれるようだ。

それでも、また明日も何か美女との交渉があるかも知れない。だからオナニーは我慢することにした。

今日も、比呂美や実弥子を相手に何度となく射精したのである。

そして彼は社のレトルト食材を温め、カレーライスとわかめスープの夕食を済ませると、入浴して早めに寝ることにしたのだった。

第六章　男のいない楽園を

1

「宮地さん、上着だけ脱いで、研究棟へ来てね」

朝、亜紀彦が出勤して自分の部屋に行くと、すぐに麻里子が来て言った。

「分かりました。では」

いよいよ本格的な仕事と思うと胸が躍り、彼は上着を脱いでから麻里子と一緒に部屋を出た。

階段で二階まで下りると、渡り廊下で研究棟へ行き、実験機器の間を進むと奥に密閉された部屋があった。

すでに白衣を着た、三人の女子社員が待機していた。

肌艶からしてみな二十代半ばから後半ぐらいか、マスクをしているが目の綺麗
な女性たちである。

「じゃ全部脱いでここに寝て。本格的な精子の保存をはじめるので」

「え……」

麻里子に言われて見ると、スチール製の台にはビニル枕があり、横には蛇口と流しが備え付けられている。どう見ても解剖台ではないか。

三人の女子社員はじっとし、ただヘヤーキャップとマスクの間から覗く目だけキラキラさせていた。

「脱いだものはあっちのロッカーへ」

麻里子に言われて彼は隅のロッカーへ行き、モジモジとネクタイを外してワイシャツを脱いでいった。三人は、台の周囲に待機し、麻里子だけ近くに来て彼の耳元に口を寄せた。

「三人ともレズの処女よ。初めて男性の裸を見るの」

甘い息で囁き、彼は驚いた。どうやら女だけの世界を作るため、男の要らない娘ばかりを正社員にしているのかも知れない。

とにかく彼はこれから、麻里子を含む四人の前で射精することになるのだ。

しかも三人の無垢な視線を浴びながら。

それを思うと興奮と期待に激しく胸が高鳴ったが、逆に羞恥と緊張でペニスは萎えたままだった。

ズボンと靴下、下着まで脱いで全裸になり、全てロッカーにしまうと、また彼は部屋の中央に戻って台に仰向けになった。

「じゃよく見える位置に移動して、しっかり見て」

麻里子が指で軽くメガネを押し上げて言い、亜紀彦を大股開きにさせた。さすがに色っぽい肉感的な彼女も、今は部長の貫禄を見せている。

三人も移動し、彼の股間を覗き込める位置になった。

背中は硬くて冷たいが、みなの視線を受けて徐々に彼の興奮も高まってきた。

「今は萎えているけど、これから興奮すると勃起するので。みんな見るのは初めて？」

麻里子が訊くと、三人は小さく頷いた。

どうやら男兄弟もおらず、父親との入浴はおろか、裏ネットでも男性器は見たことがないらしい。

もちろんセックスや生殖の知識は、普通に持っていることだろう。とにかく奇跡的な処女は、咲枝だけではなかったようだ。

そして無機質な部屋の中で、三人もそれなりに興奮を高めているのか、いつしか四人分の女の匂いが甘ったるく立ち籠めはじめていた。

「じゃ三人で刺激して、何とか勃たせてみて。勃起しないと射精も出来ず、精子の採集が出来ないから」

麻里子に言われ、三人は一瞬互いの顔を見合わせたが、仕事と割り切ったか、同時に恐る恐る手を伸ばしてきた。

目以外の顔は隠されて、指にも手術用の薄い手袋が嵌められている。

それでも幹や亀頭に触れられると、ようやくムクムクと彼自身が鎌首を持ち上げはじめていった。

「いいわ、それぐらいソフトなタッチの方が。タマタマもいじって、そこは急所だからそっと」

麻里子が監視しながら、冷静な口調で言った。それでも三人の呼吸は、マスクの中で熱く弾みはじめているようだ。興奮と好奇心、男への嫌悪感などが入り混じったような様々な感情の起伏なのだろう。

一人が手のひらで陰嚢を包み込み、軽く睾丸を確認してから、指で袋の付け根を優しく揉み、他の子は幹や亀頭を撫でていた。

「ああ……」

亜紀彦は、三人分の視線を股間に受け、ぎこちない愛撫に喘いだ。

いつしか、恥毛に埋もれて萎えていたペニスも完全に勃起し、包皮も剝かれて亀頭がピンピンに張り詰めていった。

「いいわ、じゃコンドームを装着して」

麻里子が言い、封を切ったコンドームを差し出した。一人が受け取り、そっと先端に当ててスライドさせようとしたが逆向きで、裏表を当て直してから徐々に嵌め込んでいった。

「い、いたた……」

「もっと優しく」

亜紀彦が締め付けに声を洩らすと麻里子が言い、三人も交替しながら幹にスライドさせ、ようやく根元まで覆われた。

今の刺激で、またペニスは萎えかけてしまった。

「さあ、また大きくして。男とのキスは嫌だろうから、唾を飲ませてあげて」

麻里子が、すっかり彼の性癖を熟知して命じた。

一人が意を決して彼に顔を寄せ、マスクを顎までずらして可憐な唇を見せた。

そして唇をすぼめ、溜めた唾液をトロリと吐き出してくれた。白っぽく小泡の多い唾液を受け止めて味わい、顔を寄せた彼女の吐息を嗅ぐと、マスクの中で蒸れていたか悩ましいビネガー臭が鼻腔を刺激した。

効果覿面で、コンドームに包まれたペニスがムクムクと回復しはじめた。

一人が唾液を垂らすと、二人目も顔を寄せてクチュッと垂らし、濃厚な果実臭の息を弾ませた。

三人目も吐き出してくれ、彼はそれぞれの生温かな粘液で喉を潤し、三人分の吐息を嗅いで最大限に勃起した。

「さあ、しごいて出してあげて」

麻里子が言うと、一人がやんわりと握り、ぎこちないながらリズミカルに動かしはじめてくれた。

「そう、同じリズムでね。あれこれ変えないように、いくまで同じ動きよ。女同士で舐められるときも、舌の動きを途中で変えられるより、ずっと同じリズムの方が気持ちいいでしょう?」

麻里子の言葉は、なかなかに説得力があった。

「さあ、残った人は彼の顔に跨がって、割れ目を舐めさせなさい」

「え……？」

麻里子に言われ、二人はビクリと身じろいで顔を見合わせた。ペニスをしごいている一人は、率先して愛撫して良かったと思ったかも知れない。

「さあ早く。割れ目の味と匂いで彼は高まるから、和式トイレに入ったように下着を下ろしてしゃがんで」

命じられ、とうとう一人が決心して台に上ってきた。そして仰向けの亜紀彦の顔に跨がり、白衣の裾をめくり、下着を膝まで下ろすとゆっくりしゃがみ込んできた。

脚がM字になると、ナマ脚の内腿がムッチリと張り詰め、湿り気の籠もる割れ目が鼻先に迫った。

レズ快感は知っているが処女であり、男に見られるのも舐められるのも初めてだろう。

亜紀彦は真下から目を凝らし、程よい範囲に茂る恥毛と、割れ目からはみ出す陰唇の間から覗く、処女の膣口とクリトリスを観察した。

クリトリスは、オナニーやレズ体験によるものか、実弥子ほどではないが指先ほども大きくツンと突き立っている。

腰を抱き寄せて茂みに鼻を埋めると、生ぬるく蒸れた汗とオシッコの匂いが悩ましく鼻腔を掻き回してきた。そして舌を挿し入れて蠢かせると、

「アアッ……！」

彼女が熱く喘ぎ、思わずギュッと亜紀彦の顔に座り込んできた。

彼は心地よい窒息感の中で湿った膣口を舐め回し、クリトリスまで舐め上げていった。

その間もペニスへの愛撫は続き、さらに彼は尻の真下に潜り込み、弾力ある双丘に顔中を密着させて蕾に籠もる熱気を嗅いだ。蒸れた匂いが鼻腔をくすぐり、彼が舌を這わせ、ヌルッと潜り込ませると、

「あう、ダメ、交替……！」

彼女が言うなり、ビクッと股間を引き離してしまった。

落ちないよう注意深く台を降りて身繕いをすると、二人目も覚悟したように上がってきた。

同じように下着を下ろすと、しゃがみ込んで割れ目を迫らせてきた。

こちらも恥毛に籠もる匂いは良く似ていたが、クリトリスは小粒だった。

亜紀彦は熱気に噎せ返りながら割れ目を舐め、味と匂いにジワジワと絶頂を迫らせていった。

そして割れ目と肛門も舐め、顔中に股間を受け止めているうち、たちまち彼は指の愛撫で昇り詰めてしまったのだった。

2

「あう、気持ちいい、いく……！」

亜紀彦は絶頂の快感に貫かれて呻き、ガクガクと腰を跳ね上げながらドクンドクンと勢いよく射精した。

コンドームの精液溜まりに白濁の液が満ち、その様子に三人が目を凝らしていた。愛撫している彼女も、リズミカルに幹をしごき続けていた。

やがて彼は出し切り、腰をよじった。

「く……、も、もう……」

過敏に反応しながら降参すると、

「いいわ、手を離して」

麻里子が命じ、愛撫の手が離された。亜紀彦は荒い呼吸を繰り返し、身を投げ出したが、激情が過ぎると注目を浴びている羞恥が甦った。

「宮地さん、横向きになって。じゃ三人で、こぼさないように、これに外したコンドームを入れて」

麻里子が言うと彼は横向きになり、身繕いも済ませた三人は手渡されたシャーレをペニスの下にあてがい、コンドームを外しにかかった。

ぎこちない指の動きで、また少し痛みを感じたが、もう済んだので萎えても構わないから我慢していたら、やがて外されてシャーレに収まった。

それを麻里子が受け取り、冷蔵庫へしまった。

「濡れたペニスを舐めて綺麗に出来る人いる？」

彼女が言うと、三人は尻込みして嫌々をした。

「そう、じゃ無理強いはしないわ。みな持ち場に戻って」

麻里子に言われ、初めての大仕事をした三人は一礼して静かに部屋を出て行ったのだった。

「じゃ、私がしてあげるわね」

二人きりになると麻里子が言い、白衣のボタンを外して前を開いた。すると、何と中は全裸で、彼女は最初からこうするつもりだったようだ。

そして彼女は巨乳をはみ出させながら屈み込み、ザーメンに濡れたペニスにしゃぶり付き、吸い付きながらヌメリを舐め取りはじめた。

「ああ……」

無反応期も過ぎた亜紀彦は刺激に喘ぎ、麻里子の口の中でムクムクと回復していった。

やはり複数の女子がいると仕事という感覚が強くなってしまうし、コンドーム越しは快感が薄い。それに何より、密室に二人きりの方が淫靡な興奮が高まるのだった。

滑らかに蠢く舌と唾液のヌメリに翻弄され、たちまち彼自身は完全に元の硬さと大きさを取り戻した。

「アア、気持ちいい……」

「入れてもいい？」

彼がうっとりと喘ぐと、すぐに麻里子がスポンと口を離して言った。

「その前に、舐めたい。さっきの子たちのように跨いで……」

亜紀彦が言うと、麻里子もサンダルを脱いで台に上がってきた。

そして彼の顔を跨いでスックと立つと、開いた白衣に豊満な全裸が見えて実に艶めかしかった。

「先に足を……」

下から言うと、麻里子もそろそろと片方の足を浮かせ、指の裏側を彼の鼻に押し当ててくれた。ムレムレの匂いに悩ましく鼻腔を刺激され、さらに勃起が増していった。

彼は爪先をしゃぶり、指の股に籠もる汗と脂の湿り気を舐め回した。

そして左右とも足の味と匂いを貪り尽くすと、麻里子は自分から跨いでしゃがみ込んできた。

白衣の裾がめくれて脚がM字になると、豊満な内腿がさらにムッチリと量感を増し、すでに濡れている割れ目が鼻先に迫った。

腰を抱き寄せ、茂みに鼻を埋め込むと、汗とオシッコの匂いに加え、興奮による愛液の生臭く蒸れた成分も入り混じり、濃厚に鼻腔を掻き回してきた。

彼は熟れた女臭に噎せ返りながら胸を満たし、舌を這わせて淡い酸味のヌメリを掻き回した。

息づく膣口からクリトリスまで舐め上げていくと、

「アアッ……、いい気持ち……」

麻里子が熱く喘ぎ、さらに多くの愛液を漏らしてきた。

亜紀彦は味と匂いを貪ってから、顔中に覆いかぶさる豊かな尻の真下に潜り込んでいった。

ひんやりした丸い双丘が顔中に密着すると、彼はピンクの蕾に籠もった蒸れた匂いを嗅いで酔いしれ、舌を這わせてヌルッと潜り込ませた。

「あう、もういいわ、早く入れたいので……」

麻里子が呻き、肛門で舌先を締め付けながら言うと、すぐにも股間を引き離してきた。

そして彼の上を移動して股間に跨がり、屹立した先端に濡れた割れ目を押し当て、しゃがみ込んでゆっくり膣口に受け入れていった。

「アア……、いいわ……」

ヌルヌルッと滑らかに根元まで納めると、麻里子は顔を上向けて喘ぎ、完全に座り込んでピッタリと股間を密着させた。

亜紀彦も肉襞の摩擦と温もりに包まれ、たちまち快感を高めた。

何しろ彼にとって麻里子は、最初に快感を与えてくれた豊満なメガネ美女だから思い入れも大きかった。

やがて彼女がゆっくり身を重ねてくると、亜紀彦も潜り込むようにして巨乳に顔を埋め、乳首に吸い付いて舌で転がした。

乱れた白衣の内部には、生ぬるく甘ったるい体臭が籠もって彼の胸をうっとりと満たしてきた。

左右の乳首を吸って舐め回し、顔中で膨らみの感触と温もりを味わってから、さらに潜り込んで腋の下にも鼻を埋め、濃厚な汗の匂いに酔いしれた。

すると麻里子が徐々に腰を動かしはじめ、彼も合わせてズンズンと股間を突き上げていった。

溢れる愛液が次第に律動を滑らかにさせ、クチュクチュと音を立てながら彼の陰嚢から肛門まで生ぬるく濡らしてきた。

下から唇を重ねて舌をからめると、

「ンン……」

麻里子も熱く鼻を鳴らし、彼の舌にチュッと吸い付きながら動きを速めた。

彼が突き上げを強めていくと膣内の収縮が活発になり、

「あうう、すぐいきそうよ……」

彼女が唾液の糸を引いて口を離し、熱く喘ぎながら股間を擦り付けてきた。

湿り気ある吐息は花粉の甘さを含み、鼻腔に引っかかる適度な抵抗が実に刺激的に胸を満たしてきた。

そして亜紀彦の高まりを察した彼女も、ことさら多めの唾液をトロトロと吐き出してくれ、彼はうっとりと味わい、喉を潤して絶頂を迫らせた。

「い、いく……！」

たちまち彼は口走り、二度目の大きな快感に全身を包まれた。

同時に、ありったけの熱いザーメンがドクンドクンと勢いよくほとばしると、

「いいわ、いっちゃう……、アアーッ……！」

噴出を感じた麻里子も声を上ずらせ、ガクガクと狂おしいオルガスムスの痙攣を開始した。

高まる収縮と摩擦の中で揉みくちゃにされながら、彼は心ゆくまで快感を嚙み締め、最後の一滴まで出し尽くしていった。

満足しながら突き上げを弱めていくと、

「ああ……、良かった……」

麻里子も声を洩らして肌の強ばりを解き、グッタリともたれかかってきた。膣内の収縮は続き、ヌメリで押し出されそうになりながら、彼はヒクヒクと過敏に幹を跳ね上げた。

そして温もりと重みを受け止め、かぐわしい吐息の刺激に酔いしれながら、彼はうっとりと快感の余韻に浸り込んだのだった。

やがて呼吸を整えると、そろそろと麻里子が股間を引き離し、横にある流しで割れ目を洗ってタオルで拭いた。そして彼の身体も流しへ移動させ、甲斐甲斐しく洗ってくれた。

亜紀彦は、何やら解剖台で洗浄されているようで、また新たな興奮が湧いてしまった。やがて台を降りると二人で身繕いをし、

「じゃ部屋に戻っていいわ」

麻里子が言うので、一緒に部屋を出た。

廊下を進むと、ガラス越しに研究室で作業している女子たちの姿が見えた。しかし、みなヘアキャップとマスクで目しか見えないので、誰がさっきの三人かは分からなかった。

そのまま麻里子は研究室に入り、亜紀彦は三階の部屋に戻ったのだった。

3

「受付は今日で終わりですって。明日からは別の部署で働くことになったのよ」

昼休み、社員食堂で咲枝が亜紀彦に言った。

「そう、それは良かった。じゃ昼間から、何かと顔を合わせるかも知れないね」

「ええ、まだどんな仕事か聞かされていないけど、今日社長から言われたので間違いないわ」

咲枝は、退屈な受付業務から離れる嬉しさと、僅かな不安を秘めたように彼を見て言った。

どちらにしろ本格的な業務に関われるなら、自分が必要だと思われている自覚に繋がるだろう。

そして亜紀彦が三階の部屋に戻ると、すぐに母乳美女の比呂美が入ってきた。

「新しい器具の開発に協力して」

比呂美が、自社の女性用オナニー器具のサンプルを持ってきて言った。

曲線を描くペニス型で、クリトリスを刺激するバイブも付いている。

「これでも充分なのだけど、私なんかはアヌスへの刺激もほしいので、それを研究したいの」

比呂美が言い、彼も受け取って器具を観察した。

すでにこれは比呂美が使用し、そのヌメリを吸っているものなのだろう。

「大人の玩具屋《おもちゃや》なんかには、三カ所用の三つ叉《また》があるようだけど」

亜紀彦も、ネット通販などで見た記憶を頼りに言った。

「あれはダメ、みんな男が作ったものだし、所詮は土産物かジョーク商品の類いだから。やはり女が実体験して開発しないと」

彼女は言って、ドアを内側からロックすると、ソファの背もたれを倒してベッドにした。

そしてためらいなく、服を脱ぎはじめていった。たちまち生ぬるく甘ったるい匂いが漂い、亜紀彦も午前中二回射精しているのに、すぐにも股間が熱くなってしまった。

ただ、自分も脱いで良いか分からず、あくまで仕事らしいので、上着を脱いでいる彼はネクタイだけ外して、ベッドに仰向けになった比呂美に迫っていった。

「器具は使わず、指と舌で三カ所を刺激してみて」

彼女が頬を紅潮させながら、脚をM字に開いて言った。

「舐めて濡らしていいですか」

「ええ、好きなようにしてみて」

言われて、彼は比呂美の股間に腹這いになり、股間に顔を寄せていった。

はみ出した陰唇は、すでに期待によるものかヌラヌラと濡れはじめている。

指で広げると、膣口にはうっすらと白っぽい粘液にまつわりついていた。

彼は茂みに鼻を埋め、濃厚に蒸れた体臭を嗅いで高まりながら、割れ目内部に舌を這わせた。

「アア……」

比呂美が身を反らせて喘ぎ、内腿でキュッと彼の両頬を挟み付けながらクネクネと悶えはじめた。すぐにも大量の愛液が溢れて舌の蠢きが滑らかになり、彼も腹這いになりながら激しく勃起してきた。

「ここも……」

比呂美が言い、両脚を浮かせて抱え、白く丸い尻を突き出してきた。

谷間の、レモンの先のように突き出た艶めかしい蕾に鼻を埋めると、ここも蒸れて悩ましい匂いが籠もっていた。

充分に嗅いでから舌を這わせ、滑らかな粘膜を味わいながらヌルッと舌を潜り込ませると、

「あう……、もっと奥まで、指でしてみて……」

彼女が肛門を締め付けながら呻いて言うので、亜紀彦も淡く甘苦い粘膜を探ってから舌を引き離し、左手の人差し指を潜り込ませてみた。

「く……、いちばん奥まで入れて、いろいろ動かして……」

言われて、彼も指を奥まで挿し入れ、内壁の感触を味わった。

そしていちばん奥で指先を蠢かせたり、内壁を小刻みに擦り、出し入れさせるように動かしてみた。

「アア……、いい気持ちよ、膣にも指を入れて、二本……」

比呂美が肛門を締め付けながらせがみ、彼は右手の二本指を濡れた膣口に潜り込ませた。

そして指の腹で天井のGスポットを圧迫するように探り、リズミカルに内壁を擦ってやった。さらにクリトリスを舐め回し、チュッと吸い付くと、

「ああッ……、いいわ、すごく……」

三カ所を刺激されながら、彼女は粗相したように大量の愛液を漏らした。

もちろん三カ所の快感を、それぞれ嚙み締め、分析しているのだろう。

「お尻の中をもっと激しく、膣内は天井を強く押して、クリトリスはベロを左右に動かして……」

いちいち指示されながら懸命に彼も愛撫を続けた。腹這いで両腕を縮めているので痺れてきたが、膣内で活発になった収縮からして、もう間もなく絶頂に達することだろう。

次第に彼女は前後の穴できつく指を締め付けながら、ガクガクと腰を跳ね上げはじめた。

なおも亜紀彦が指を蠢かせ、小刻みに舌で左右にクリトリスを刺激していると急に粗相したように愛液が噴出した。

「い、いく……、アアーッ……！」

比呂美が身を弓なりにさせて声を上げ、狂おしいオルガスムスの痙攣を開始した。反り返って硬直し、ヒクヒクと肌を震わせながら、やがてグッタリと力を抜いて身を投げ出していった。

「も、もういいわ、離れて……」

それ以上の刺激をうるさがるように言い、いつまでも痙攣を繰り返した。

亜紀彦も舌を引っ込め、前後の穴からヌルッと指を引き抜いた。肛門に入っていた指に汚れはなく、爪にも曇りはないが生々しい匂いが感じられた。

膣内にあった二本の指の間は愛液が膜を張るようにヌメり、白っぽく攪拌《かくはん》された愛液は湯気を立てるほどだ。指の腹は湯上がりのようにふやけてシワになり、美熟女でも舌と指で充分に果てることが分かった。

「しゃ、しゃぶらせて……」

息も絶えだえになりながら言うので、彼も手早く全裸になり、横になっている彼女の鼻先に先端を突き付けた。

「ンン……」

比呂美もすぐに顔を寄せて亀頭を含み、熱く鼻を鳴らしながらモグモグとたぐるように喉の奥まで呑み込んでいった。

そして熱い鼻息を股間に籠もらせ、クチュクチュと満遍なく舌を這わせ、勃起した彼自身を温かな唾液にまみれさせていった。

するとスポンと口を離し、

「入れて、最初は後ろから……」

彼女が言ってそろそろと四つん這いになり、白く丸い尻を突き出してきた。

亜紀彦も膝を突いてバックから股間を進め、まだ愛液が大洪水になっている膣口に、ヌルヌルッと一気に挿入していった。

「あう、いい……！」

比呂美が顔を伏せて呻き、キュッと締め付けてきた。やはり三箇所を攻められて達しても、最後は生身の挿入が良いのだろう。

彼もヌルヌルッと根元まで押し込み、股間に当たって弾む尻の感触を味わいながら快感を嚙み締めた。

腰を抱えて股間を前後に突き動かすと、何とも心地よい摩擦と締め付けが彼を包み込んだ。

「ああ、感じるわ。今度は横から……」

比呂美が喘ぎながら身を横にさせてきたので、彼もいったん引き抜いて、上の脚を持ち上げて両手で抱え、下の内腿を跨いで松葉くずしの体位で再び挿入していった。

互いの股間が交差しているので密着感が高まり、動くと膣内の感触に加えて、擦れ合う内腿の快感が伝わった。

「じゃ、最後は上から……」

比呂美も、様々な体位の感覚を記憶しているのか、やがて仰向けになってきたので、彼もあらためて正常位でのしかかった。

屈み込んで乳首を吸うと、もうあまり出なくなる時期なのか、それでも生ぬるく薄甘い母乳が滲んで舌を濡らしてきた。

亜紀彦は左右の乳首を含んでは、滲む母乳を味わい、舌を這い回らせた。

さらに腋の下にも鼻を埋め、色っぽい腋毛に籠もる、濃厚に甘ったるい汗の匂いに噎せ返った。

すると待ち切れないように、比呂美がズンズンと股間を突き動かしてきたので彼も腰を遣いながら唇を重ね、ネットリと舌をからめた。

互いのリズムが一致し、股間をぶつけ合うように動くと、収縮が増して、彼女はさっき以上の快感に包まれはじめたようだ。

「い、いきそう、もっと突いて……！」

口を離すと比呂美が声を上ずらせて言い、彼はシナモン臭の濃厚な吐息を嗅いで高まり、とうとう絶頂に達してしまった。

「く……！」

快感に短く呻き、ドクドクと勢いよくザーメンを注入すると、

「き、気持ちいいわ……、アアーッ……！」

彼女も噴出を感じると同時にオルガスムスに達し、声を上げながらガクガクと狂おしく痙攣した。

比呂美は様々な刺激を心の中で分析し、これを新製品の開発に役立てるのだろう。亜紀彦は心置きなく最後の一滴まで出し尽くし、満足しながら動きを弱め、遠慮なく彼女にのしかかっていったのだった。

4

「じゃ三人で社長室に行きましょう」

翌朝、亜紀彦が出勤して自分の部屋へ行くと、すぐに照代が咲枝を伴って言った。何の仕事だろうかと思いながら、とにかく彼も部屋を出て、三人で五階の社長室へと行った。

すると照代は、容器がいくつか入ったビニル袋を取り出し、用紙を添えて彼に渡してきたのだ。

「昼休みまでに、これに書かれている通りのサンプルを採って。奥のベッドとバスルームは勝手に使っていいわ。午前中は誰も来ないので」

そう言い、照代は部屋を出て行ってしまった。

「ベッドとかバスルームって何……？」

彼と二人きりになった咲枝が、不安げに言う。

とにかく亜紀彦は、渡されたものを持ち、咲枝を促して奥の部屋へと入った。

「ここにこんな部屋が……」

「うん、社長も平日はここで寝泊まりしているんだ」

咲枝は、マンションの中のような部屋に驚いて見回し、彼は説明しながらベッドに近づいた。

そして傍らのテーブルに、ビニル袋の中にある容器を取り出して並べてから、説明書きを読んでみた。

「どうやら若い女子社員のサンプルが必要みたいなんだ。そこへ座って、まずこれに唾を注いで」

亜紀彦は言い、咲枝をベッドの端に座らせると、小瓶の蓋を開けて彼女に渡した。それには「唾液、紺野咲枝」と書かれた紙が貼られ、日付も書かれていた。

「どうして、私のを……」

「よく分からないけど、女性用の薬品や健康食品を作るため、多くのデータがほしいんだろうね。きっと他の社員もしたことだよ」

彼が言うと、咲枝もモジモジと瓶を受け取った。

「あ、こんなのも入っている。見ながら唾を出すといいよ」

亜紀彦は言い、作り物の食品サンプルらしい輪切りレモンも袋から取り出し、彼女に渡した。

咲枝も、仕事と思って懸命にレモンを見ながら唾液を分泌させ、愛らしい唇をすぼめて注意深く瓶に垂らしはじめた。彼女は見られているのが恥ずかしいようだが、こぼさないようトロトロと吐き出すと、次第に白っぽく小泡の多い唾液が瓶に溜まっていった。

「いいよ、半分を超えれば良いらしいから」

亜紀彦が言うと、咲枝も閉じた唇を舐め、瓶を彼に返してきた。

彼はきっちり蓋を閉めて、時間を記入して置き、次の瓶を手にした。

「次は何を入れるの……」

「愛液だって。とにかく全部脱いだ方がいいね」

彼は激しく勃起しながら言うと、咲枝がビクリと身を震わせた。

「そんなものを……？」

「うん、注意書きには、僕は触れてはいけないって。その代わり、開発されたバイブも入ってる」

亜紀彦が言いながら促すと、ようやく意を決したように咲枝も腰を上げて青い制服を脱ぎはじめていった。

しかし、いかに好きな男とベッドのある部屋で脱いでも、彼女は社内なので可哀想なほど緊張して息と肌を震わせていた。

白い肌が露わになっていくたび、甘ったるい匂いが生ぬるく立ち籠めた。

「わ、私だけ脱ぐのは恥ずかしいから……」

「うん、どうせ昼まで誰も来ないと言っているんだから、僕も脱ごうか」

咲枝が言うので、彼も手早く全裸になりピンピンに勃起したペニスを露わにした。そして彼女も最後の一枚を脱ぎ去ると、恐る恐るベッドに仰向けになり、脚を立ててM字に開いた。

亜紀彦も腹這いになり、咲枝の股間に顔を迫らせた。まだ緊張に濡れてはいないが、陰唇の間からツンとクリトリスが覗いていた。

純粋な愛液だけを採集するのだから、彼が割れ目をいじったり舐めたりしてはいけないのだろう。

とにかく彼は愛液用の広口瓶を咲枝の股間に置き、自社の棒状になったバイブも手にして待機した。

「まず自分でしてみて。普段しているように」

股間から言うと、咲枝も観念したように右手の指を割れ目に当て、ぎこちなく動かしはじめながら、もう片方の手で乳房を揉んだ。

そうか、このようにオナニーしているのかと思うと、亜紀彦は腹這いのまま痛いほど勃起してしまった。

「アア……」

咲枝が熱く喘ぎ、次第に指の動きがリズミカルになっていった。愛液も滲んできて、そのヌメリで指の腹を濡らし、彼女は小さな円を描くようにクリトリスをいじっていた。

しかし、まだ瓶に滴るほどの量は溢れていない。

「じゃ、刺激するので指を離して」

彼が言うと、咲枝も素直に指を離し、ヒクヒクと白い下腹を波打たせた。

亜紀彦は棒状のバイブのスイッチを入れ、先端を色づいたクリトリスに押し当て、ブーンと振動を与えてやった。

「あう……、すごいわ……」

咲枝がビクッと顔を仰け反らせて呻き、内腿を震わせた。

さすがに、女が開発したクリトリス用のバイブは効果があるようだ。

彼はバイブの刺激を続けながら、瓶の口を割れ目に押し当て、トロトロと溢れはじめた愛液を受け止めた。

いったん溢れると、透明な液は後から後から瓶に溜まってゆき、咲枝は絶頂を迫らせて腰をくねらせた。そして半分ばかり溜まると、

「いいよ、もう」

彼は言い、バイブと瓶を引き離してスイッチを切った。

咲枝は、ほっとしたような、あるいは快楽を中断されたような複雑な感じで、可憐な顔を上気させて喘いでいた。

亜紀彦はしっかり蓋を閉めて時間を記入し、次の瓶を手にした。

「次は何……？」

「オシッコだから、バスルームへ行こう」

彼は言ってベッドを降り、フラつく咲枝を支えながらバスルームへ移動した。

オシッコに、愛液の残りが混じっても構わないと注意書きに書かれている。

「じゃ、しゃがんでね」

彼は言って咲枝を洗い場にしゃがませ、その股間に瓶を置いて支えた。

咲枝もすっかり羞恥と興奮で朦朧となり、もう拒むこともなく息を詰め、すぐにも尿意を高めはじめた。

「あう、出るわ……」

彼女が言うなり、濡れた陰唇の間からチョロチョロと熱い流れがほとばしり、

亜紀彦はそれを瓶に受けた。

注がれて泡立つ音に、咲枝は激しい羞恥を覚え、両手で顔を覆っていた。

やがて半分以上溜まったところで流れが治まり、彼はポタポタ滴る雫まで瓶に受けた。すると、溢れた愛液が混じりツツーッと糸を引いた。

「さあ、いいよ。ベッドに戻ろう」

「あ、洗いたいわ……」

「いいよ、あとで。何しろ最後は愛液の混じった僕のザーメンを採るんだから」

「それって……」

「うん、セックスしたあとに膣から逆流する液を瓶に入れるんだよ」

それがどんな検査や分析に必要なのか分からないが、亜紀彦もすっかり洗脳されているように、全裸のまま二人でベッドに戻った。

「私たちが関係していることを、社長は知っているのかしら……」

仰向けになりながら、咲枝が不安げに言った。

「さあ、どうかな。いつも食堂で話しているから、仲がいいことは知っているだろうけど」

彼は言い、まず愛液と残尿に濡れた割れ目に顔を埋め、舌を這わせた。最後だけは、堂々と触れられるのである。

柔らかな恥毛に籠もる匂いを貪り、ヌメリを掬い取り、さらに脚を浮かせて尻の谷間の匂いも堪能した。

「アア……」

咲枝も、次第に何も考えられなくなったように喘ぎ、クネクネと悶えはじめていた。亜紀彦は咲枝の前と後ろを舐め、爪先の間の蒸れた匂いも嗅いでから、彼女の鼻先に先端を突き付けた。

咲枝も舌を這わせ、亀頭をしゃぶって唾液に濡らしてくれた。

そして充分に高まると、彼は股間に戻り正常位でヌルヌルッと一気に貫いていった。

「アアッ……、いい……！」

深々と受け入れた咲枝が喘ぎ、キュッと締め付けてきた。この分では、今回あたり本格的な膣感覚のオルガスムスが得られるかも知れない。

股間を密着させて身を重ね、亜紀彦は彼女の両の乳首を舐め、腋の匂いも嗅いでから、ピッタリと唇を重ねていった。

「ンン……」

咲枝が熱く鼻を鳴らし、彼は熱い吐息で鼻腔を生ぬるく湿らせながら、徐々に腰を突き動かしはじめた。するとクチュクチュと湿った摩擦音が響き、潤いと膣内の収縮が急激に増していった。

「ああッ……、い、いい気持ち……！」

咲枝が下から激しく両手でしがみつき、喘ぎながらズンズンと股間を突き上げてきた。彼は熱く甘酸っぱい吐息を間近に嗅ぎながら勢いを付け、すぐにも昇り詰めてしまった。

「く……！」

快感に呻きながら、ドクンドクンと勢いよく熱いザーメンを注入すると、

「あ、熱いわ、気持ちいい……、アアーッ……！」

噴出を感じた途端に咲枝が声を上ずらせ、ガクガクと狂おしいオルガスムスの痙攣を開始したのである。亜紀彦は、初めての絶頂に身悶える咲枝の上で、心置きなく最後の一滴まで出し尽くしていったのだった……。

5
「紺野咲枝は、もう妊娠していたわ」

地下のソファベッドで、照代が亜紀彦に言った。目の前には、スーパーコンピュータ地天女が多くのランプを明滅させていた。

午後である。

昼食の時も、咲枝は初めての膣感覚によるオルガスムスの体験で放心状態が続き、あまり会話も交わさなかった。そして今、咲枝は亜紀彦の部屋で極秘ファイルに目を通すよう命じられていた。

「え……」

亜紀彦は驚きに絶句した。どうやら、初回のときすでに孕んでいたのかも知れない。当社の配給するピルを飲んでいると思って中出ししたが、しっかり命中していたのだろう。

「まさか、産まれた子を実験に使うとか……」

「そんなことはしないわ。ちゃんと二人には籍を入れてもらい、子は普通に育てて学校にも通わせるの。たまに定期健診をするだけ」

照代が笑みを含んで言う。

「それなら、安心です……」

亜紀彦はほっとして答えた。もちろん咲枝との結婚に否やはないし、実家の方でも反対などされないだろう。

「新居もうちで用意するし、学費などは全面的にバックアップするから」

「そうですか、有難いです」

その代わり、二人とも終身雇用になるのだろうが、それでも亜紀彦は構わないと思った。

だが咲枝は納得するのだろうかと思ったが、彼女は亜紀彦より半年も長くＷＯにいて、すっかり無意識に洗脳されつつあるのかも知れない。

「あなたと咲枝は、地天女が割り出したアダムとイブだったのよ」

「それって、どういう……」

「あなたは月に乗ってやって来たエイリアン、最初の男の直系。そして咲枝は最初に交わった女の直系」

照代が言った。そんなことが分かるのかと思ったが、実際彼女は、地天女のデータを全面的に信じているらしい。

「いずれ、地球は再び女だけのものになるわ。女は同性愛や器具だけで満足し、子が欲しいときはあなたの冷凍精子を使う。そして女が女だけを生む糸が永遠に繋がっていくの」

「男子が生まれたら？」

「必要ないので、食料にでも回そうかしら」

「わあ、それはそれで興奮する……」

亜紀彦は、こんな美女に食べられて胃の中で溶かされ、吸収され栄養にされることを想像し、いつしか激しく勃起してしまった。

それでなくとも、地下のベッドで超美熟女と二人きりなのである。

「じゃ脱いで。済んで落ち着いてから今後のことを話し合いましょう」

照代が、彼の高まりを見抜いたように言い、自分からスーツを脱ぎはじめた。

亜紀彦も手早く脱いでゆき、たちまち二人は全裸になってベッドに横たわっていった。

照代が仰向けになって身を投げ出すと、彼はまず足裏に屈み込み、舌を這わせながら形良く揃った指に鼻を割り込ませて嗅いだ。

そこは今日も生ぬるい汗と脂に湿り、蒸れた匂いが濃く沁み付いていた。

悩ましい匂いで鼻腔を満たしてから爪先にしゃぶり付き、指の股に舌を挿し入れて味わうと、

「アア……」

照代が熱く喘ぎ、されるままになっていた。

男は要らないと言いつつ、彼女も生身の男を欲しているのである。

もっとも女だけの地球に戻るには、まだまだ何千年もかかるかも知れない。

もちろん亜紀彦もそんな未来は嫌ではないし、自分だけの子孫の星になる計画に加担するつもりになっていた。

やがて両足とも味と匂いを貪り尽くすと、彼は照代を大股開きにさせ、白く滑らかな脚の内側を舐め上げていった。

ムッチリと量感のある内腿をたどって股間に迫ると、すでに熟れた柔肉はヌラヌラと大量の愛液に潤っていた。

茂みに鼻を埋め込み、隅々に沁み付いて蒸れた汗とオシッコの匂いを貪り、濡れた陰唇の間に舌を挿し入れていった。

淡い酸味のヌメリにまみれ、かつて奈美が産まれ出てきた膣口の襞をクチュクチュ探ってから、ゆっくりクリトリスまで舐め上げていくと、

「アアッ……！」

照代が顔を仰け反らせて喘ぎ、内腿できつく彼の両頬を挟み付けてきた。

こんなに感じる美熟女が、いずれ器具や同性だけで満足できるのだろうかと思ったが、彼も興奮に包まれながら執拗にクリトリスを舐め回した。

さらに両脚を浮かせて豊満な逆ハート型の尻に迫り、谷間にひっそり閉じられたピンクの蕾に鼻を埋めて蒸れた微香を嗅ぎ、舌を這わせてヌルッと潜り込ませていった。

「く……」

照代が呻き、モグモグと味わうように肛門で舌先を締め付けた。

彼は滑らかな粘膜を探り、再び足を下ろして割れ目に戻った。

大洪水になっている愛液をすすり、クリトリスに吸い付くと、

「も、もういいわ、交替……」

照代が言って身を起こし、彼は入れ替わりに仰向けになった。

彼女は股間に陣取り、顔を寄せて粘液の滲む尿道口を舐め回し、スッポリと喉の奥まで呑み込んでいった。

股間に熱い息を籠もらせ、幹を締め付けて吸い付き、クチュクチュと執拗に舌をからめて彼自身を温かな唾液に濡らした。

「ああ、気持ちいい……」

亜紀彦はうっとりと喘いだが、彼女はすぐスポンと口を離し、気が急くように前進して跨がってきた。

先端に濡れた割れ目を擦りつけながら位置を定め、息を詰めて味わうようにゆっくり腰を沈ませていった。張り詰めた亀頭が潜り込むと、あとはヌルヌルッと滑らかに根元まで嵌め込まれた。

「アアッ……、いい……！」

照代が熱く喘ぎ、密着した股間をグリグリと擦り付けてから、覆いかぶさるように身を重ねてきた。

　彼は両膝を立てて豊満な尻を支え、潜り込むようにして左右の乳首を順々に含んで舐め回した。顔中で柔らかな膨らみを味わい、腋の下にも鼻を埋め込むと、濃厚に甘ったるい汗の匂いが胸を満たしてきた。

「ああ……、突いて……」

　照代が徐々に腰を遣いながらせがみ、彼もズンズンと股間を突き上げはじめていった。大量に溢れる愛液が律動を滑らかにさせ、ピチャクチャと淫らな音が響いてきた。

　彼女は上からピッタリと唇を重ね、舌をからめてきたので亜紀彦も両手を回してしがみつき、突き上げを強めながら生温かく滑らかに蠢く舌と清らかな唾液を味わった。

「アア……、いきそう……」

　照代が口を離して喘ぎ、彼は湿り気ある白粉臭の吐息に酔いしれながら絶頂を迫らせていった。

「嚙んで……」

　亜紀彦がせがむと、照代も彼の唇や頰にキュッキュッと綺麗な歯並びを食い込ませてくれた。

「い、いく……、アアッ……！」

たちまち彼は昇り詰め、喘ぎながら大量のザーメンをドクンドクンと勢いよく内部にほとばしらせた。

「き、気持ちいい……、ああーッ……！」

噴出を感じると照代も声を上ずらせ、ガクガクと狂おしいオルガスムスの痙攣を開始した。膣内の収縮が増し、彼は全身が吸い込まれそうな快感の中、心置きなく最後の一滴まで出し尽くしたのだった。

満足しながら徐々に動きを弱めていくと、

「ああ、可愛い……」

照代も満足げに声を洩らし、彼の顔中に唇を押し当てながら、締め付け続けて貪欲にザーメンを吸収した。

「ああ……」

亜紀彦も過敏に幹を震わせて喘ぎ、かぐわしい吐息で胸を満たしながら、うっとりと快感の余韻に浸り込んでいったのだった……。

本書は書き下ろしです。

実業之日本社文庫 む2 15

淫《みだ》ら新入社員《しんにゅうしゃいん》

2021年10月15日　初版第1刷発行

著　者　睦月影郎《むつきかげろう》

発行者　岩野裕一
発行所　株式会社実業之日本社
〒107-0062　東京都港区南青山5-4-30
CoSTUME NATIONAL Aoyama Complex 2F
電話［編集］03(6809)0473［販売］03(6809)0495
ホームページ　https://www.j-n.co.jp/

ＤＴＰ　ラッシュ
印刷所　大日本印刷株式会社
製本所　大日本印刷株式会社

フォーマットデザイン　鈴木正道（Suzuki Design）

ISBN978-4-408-55699-4（第二文芸）